D1719265

Christine Kohler
Nachtschatte

2. Auflage: 5.–8. Tausend 1994

Alle Rechte vorbehalten
Copyright by Zytglogge Verlag Bern, 1994
Lektorat: Marianne Gammenthaler-Kohler, Hugo Ramseyer
Umschlagbild: Fred Stauffer, „Emmenthal II" (Ausschnitt), 1938,
Schulwarte Bern
Satz und Gestaltung: Zytglogge Verlag Bern
Druck: Ebner Ulm
ISBN 3-7296-0496-1

Zytglogge Verlag Bern, Eigerweg 16, CH-3073 Gümligen
Zytglogge Verlag Bonn, Plittersdorfer Str. 212, D-53173 Bonn
Zytglogge Verlag Wien, Strozzigasse 14–16, A-1080 Wien

Christine Kohler
Nachtschatte

Roman·Zytglogge

Si hei wider der ganz Namittag Beärdigung gspilt. Hütt isch es e tote Spatz gsi, wo si ere Chatz abgjagt hei. Fasch jede Tag mache si en Umzug mit Pfarer, Musig u Fahne. Hinder em Wageschopf hei si es Fridhöfli, di einzelne Grebli mit chlyne Stäckli yghaaget, Holzchrüzli druffe. Si bestatten alls, Müüs, Chäfer, Flöige, Beji; we si süsch nüt finde, näh si halt es Chnebeli oder e Stei. All Tag früschi Blueme, Söiblueme, Margritli, was si grad finde.

Mängisch haltet si's chuum uus, mängisch wett si dryfahre, möögge, verbiete. Bis itz het si sech no chönnen überha.

Irgendwie müesse si ja dermit fertigwärde, müesse's uf ihri Art verwärche. Si cha ne nid hälfe. Ihre hilft o niemer.

Itz hei si sech still. Es isch jedesmal eis Züüg, bis alli undere sy. Da wird gstürmt, gchääret, zigglet, eis het no Durscht, eis suecht der Bäremani, u eis mues zum dritte Mal uf ds Hüsli. U wi müeder dass si sy, wi schlimmer isch es.

U si zusserscht usse, bysst chrampfhaft uf d Zähn, macht d Füüscht, schnuufet töif. Nume nid dryfahre. We si sech einisch lat gah, de trybe si's uf d Spitzi, zwänge, stämpfele, tüe äxtra blöd, bis si's nümm cha und usehüület vor Eländ.

De gseht si sech i der Psychi und ihri Chind versorget imene Heim für Verhaltensgstörti. U de wärde si duuch, dörfe se nümm aaluege u schlyche dervo. Nächär ghört si hie es Byschte, da ne Schnopser, u de geit's nümm lang, bis di ganzi Hushaltig i Träne schwümmt.

U si sött beruehige, tröschte u hätt sälber Troscht nötig.

Si probiert settigi Usbrüch z vermyde, aber es wird nume no erger, u si chunnt sech de zu allem andere no gemein vor.

Es isch ja klar, dass es di Chind ufstachlet, we si d Närve verlüürt. Si chöi ds Leid vo ihre nid o no trage, zum eigete, u de wehre si sech halt, wi si chöi.

Der Chopf wüsst scho wie, mit em Chopf beindlet si di Sach uus, aber grad gäng ma der Verstand nid gfahre, we me innenache kabutt isch u wund, we me kes Wort, ke Berüerig vertreit, we men am liebschte tät i ds Bett lige u d Dechi über d Ohre zie.

Aber es nützti glych nüt, si cha nid flie. Si schlaft schlächt, het Alptröim, erwachet vier, füf Mal, u am Morge isch si wi grederet. Der Dokter het ere Tablette gä, si söll gschyder öppis schlücke als schlaflos umetroole, das mög nid o no yne.

Am Aafang isch er jede Tag hurti cho luege, win es geit, cho frage, öb si Hilf bruuchi. Er het e jungi Frou organisiert, wo re zwüschyne d Chind chly abgnoh het. Dass e Dokter hütt überhoupt no Zyt het für settigs. Si het gmerkt, dass er Angscht het um se, aber das het ere nüt ghulfe, es isch ender läschtig gsi. Drum het si abgwehrt, si bruuch nüt, er söll sech nid Sorge mache, si wärd scho fertig mit allem. Bis si's bal sälber gloubt het. Er het sech du zruggzoge, nume ds Praxisnummero u das vo der Wonig gross uf ne Zedel gschribe u bim Telefon ufgmacht. Si chönn aalüte, jederzyt, o mitts i der Nacht. Si het's nid gmacht, es isch ere gar nid richtig yne. Si het alls nume no wi dür ne Filter gseh, isch gsi wi blockiert. Si het no ke einzigi Tablette gnoh, si trouet däm Züüg nid.

Zersch isch es ja o nid nötig gsi. I der ganze Hektik inn

isch si gar nid zur Bsinnig cho. Wi outomatisch het si gmacht, was het müesse sy. Am Aabe isch si wi grederet i ds Bett gheit, het paar Stund gschlafe, isch verchrampft u mit Chopfweh erwachet, isch uuf u het wytergmacht. Aber itz isch es äbe nümm so. Sit ds Gröbschte verby isch u d Züglete düre, sit si wider cha dänke, fat si's langsam aa begryffe. Si isch eleini, und är chunnt nie meh zrugg.

Mit füfedryssgi stirbt me doch nid amene Härzschlag! Me seit doch nid „du chasch dir nid vorstelle, win i mi fröie uf das Stöckli", gheit im Ruebettegge zäme und isch tod. Das chasch doch eifach nid!

Si het nid gwüsst, dass er es z grosses Härz het. Er het nie öppis derglyche ta, het's sälber nid wölle wahrha.

Süsch wär er nid stundelang ga schwümme u ga velofahre. Er het wölle bewyse, dass er so gsund isch wi jede andere. Aber er hätt's gwüsst. Der Dokter het ihm meh als einisch gseit, er sött chly Sorg ha. De heig er nume glachet. Er syg nid eine, für a de Boboli umezstudiere, er syg eine für z läbe. Er löi nüt usse, u wenn er müesst abträtte, chönn er doch de säge, es heig sech glohnt. Es syg ihm ja wohl, u sövel schnäll göng's sicher nid a ds Stärbe.

Er isch zwar regelmässig i d Kontrolle, aber o das het si ersch hindedry verno. Der Dokter het gmeint, wenigschtens d Frou sött im Bild sy, aber das heig er um ke Prys wölle. Es tüei se nume belaschte u beidi verunsichere. Mit Angschtha chönn me nüt ändere, u we's im Fall müesst sy, de syg si starch gnue, är kenn se.

Si het das alls wi vo wytem ghört, ohni's richtig a sech häre la z cho. U ersch itz wird ere langsam klar, dass er bewusst ds Läbe riskiert het. Wi ne Spiler, wo alls uf ei Charte setzt.

Zu allem andere chunnt itz no d Wuet, dass er ne das het chönnen aatue, dass er se eifach het la hocke. Sit Tage probiert si di Aggressione z unterdrücke, aber si cha's nid.

Vilicht wär es Schlafmittel glych nid ds Dümmschte. So chan es nid wytergah, si chunnt ja völlig ufe Hund.

We si eleini wär, de chönnt si ds ganze Röhrli uf ds Mal schlücke, de würd si de schlafe. Aber si isch nid eleini, si het drü chlyni Chind, u die hei süsch niemer. Ke Tante, kener Groseltere, numen e Mueter, wo nüt wärt isch.

*

Im Burehuus hei si no Liecht, es wird gäng spät däne. Si hei sech grossartig benoh, sälbverständlech isch das nid. Schliesslech isch si e Wildfrömdi für se. Alli sy a d Beärdigung cho, u nach em Lychemahl het der Buur gseit, si chönn ohni wyteres vom Mietvertrag zruggträtte, si würdi's begryffe.

E Momänt het si a dä Uswäg dänkt. Das Stöckli isch nie ihre Wunsch gsi. Si het denn nume mit halbem Härz ja gseit gha, eifach wäg em Fred. Für ihn isch e zähjährige Troum Würklechkeit worde dermit, unermüedlech het er telefoniert, gschribe, umegfragt für ne Wonig uf em Land. Chueglogge, der Duft vo Höi u früsch gmääitem Gras, e Güggel, wo chrääit, e Chatz, wo sünnelet uf em Löibli, e Bäri, wo wädelet u Fröid het, we der Meischter us em Büro heichunnt. Er isch albe ganz i ds Schwärme cho, wenn er a sym Troum vom Landläbe baschtlet het.

8

U won er nach hundert vergäblechen Aalöif dür ne Zuefall das Stöckli het chönnen ergattere, isch si nid imstand gsi, ihm di Seligkeit z verderbe.

Ihre isch es wohl gsi im Block. Grossi, sunnigi Zimmer, nid wyt zum Ychoufe, d Nachbere aagnähm dischtanziert, der Chindergarte grad umen Egge, d Rahel isch im Ougschte sowyt. So ne ideali Wonig git me nid eifach uuf für ne romantischi Idee. Aber für ihn isch es schlicht undänkbar gsi, dass me's o anders chönnt gseh als är. We ihm di eigeti Frou i Rügge gschosse hätt – e Wält wär zämegheit für ihn.

Ärnschthaft het si nid im Sinn gha, uf Lybuguets Offerte yzgah. Ja, si het mit em Gedanke gspilt, ihri halbhärzigi Zuesag zrüggznäh, aber wo hätt si härewölle? Zügeltermin i zwone Wuche, di nöie Mieter hei scho fasch uf der Stäge gwartet, u die hei o gchündet gha. Wo findet me i vierzäh Tag e Wonig i der Stadt, mit drüne Chind? Aber o we das nid ds Problem wär gsi, hätt si's nümm chönne.

Si isch ja yverstande gsi, zwar nid begeischteret, aber si het ja gseit. Es isch sy Wunsch gsi. Nei, es blybi derby, het si zum Lybuguet gseit, si zügli wi abgmacht.

Guet, we si würklech wöll cho, syg es ihne meh weder nume rächt. Si sygi willkomme. Si söll aalüte, we si nache syg, d Mueter reich de am Morge d Chind u goumi se, är u der Jung chömi cho hälfe.

Das isch so sälbverständlech u bestimmt gseit worde, si het nüt chönne dergäge säge. Es isch zwar alls organisiert gsi, Möbelwage bstellt, Wasser u Strom abgmäldet, Putzinstitut avisiert, der Fred het alls erlediget gha. Wi wenn er öppis gspürt hätt. Er het o scho lang zum voruus Harassli u Bananechischte packt: Di Züglerei isch ere wuchelang uf em Mage gläge. D Chind bruuchen eim, da blybt nid vil Chraft fürig. U der Stolz druf, dass me tüechtig isch, bis itz einigermassen alls gmeischteret het, dä Stolz isch de plötzlech ame chlynen Ort, wenn eim ds Wasser bis zum Hals steit.

Si hei re's liecht gmacht. Am nüüni sy alli drü mit em Outo vorgfahre, d Frou Lybuguet het d Chind ypackt u isch grad wider mit ne gange. Si isch e grossi, schwygsami Frou, würkt sträng u verschlosse, aber d Chind sy re nachezottlet. D Buebe het si a d Hand gnoh, u der Matthias luegt tröihärzig a ren ufe u fragt: „Vati gah, he?"

Da isch d Mueter um. Si weis nümm wie. Wo si zue sech chunnt, isch si uf em Ruebett gläge, der eint het ere mit em Abwäschhudel chalti Umschleg gmacht, der ander isch mit eme Glas Cognac derhärcho. Wo het er ächt dä gfunde? Isch ihre erscht klar Gedanke gsi. Si hei kes Gheie gmacht, alls isch ruehig u sälbverständlech abgloffe. Si hei der ganz Tag nid mängs Wort gredt, es sy keni Laferine. Aber wo zum sibete Mal beid umegluegt hei, wo si „Herr Lybuguet" rüeft, da het der elter gseit: „I bi der Fritz." U der jünger het mit der Bysszange uf sech düetet u näbe de Negel düre, won er zwüsche de Zähn gha het, fürebrösmet: „Franz." Ihre passt di Mode vom Duzis mache nid eso, aber hie het si itz nid guet chönne usschlüüffe. „I heisse Sabine", het si umegä.

Si hei se nüt la abetrage, es heig Mannevolch gnue ume. Di zwee, wo mit em Möbelwage cho sy, hei sech heimlech Blicke gschuttet, aber es isch ere glych gsi. Zum Zmittag het si der Franz gschickt ga Ygchlemmti u Bier hole, u nächär hei si uf Tabourettli u Chischte picknicket. Si het nid gärn Bier, wär sech aber richtig blöd vorcho, öppis anders z näh. Drum het si es Glas füregsuecht, sech la yschänke u het aagstosse mit de Fläsche. Es het se no bal glächeret i ihrem Eländ inne, wi si da uf eme Harassli hocket u mit vierne halb bis ganz frömde Manne bieret.

Heigfahre sy si mit Freds Outo. Hei! Ihres Hei isch es nid, si wohnt itz nume dert. Der Outoschlüssel het si em Franz gä. Irgendwie het si's fasch gnosse, sech la z gheie u für nüt meh müesse z luege. Si hätt sech o nid bruuche Gedanke z mache uf der Fahrt, wi das ächt gange syg mit de Chind. Wo die nämlech ds Outo hei gseh zuechefahre, sy si us allne Löcher cho usezschiesse u hei vor Ufregiggstagglet, wül si nid alls mitenand hei chönne usebringe. U d Rahel, wo vor jeder Tube dervorennt, het der riisig Bärnhardiner am Halsband gfüert u gseit: „Lue, Mueti, das isch der Tedu, häb nume nid Angscht, er isch e Liebe." D Antwort vo der Büüri uf d Frag, öb di Rasselbande heig Ornig gha, isch e chalti Dusche gsi. „Si hei sech amüsiert. Vilicht stinke si chly vom Stall u vom Hund, aber we me das nid ma verlyde, darf me nid uf ds Land ga wohne." Boing! Da weis me, wo me häreghört.

Am liebschte hätt si abgseit, wo der Franz isch cho usrichte, si söll de hinecht nid no Müei ha mit Choche, d Mueter heig Chueche gmacht. Aber d Chind sy sowiso scho zum Züüg uus gsi u wäge der Yladig no zgrächtem usgraschtet.

Das Znacht isch nid gmüetlech gsi. Niemer het möge rede, nume d Chind hei gschnäderet. Wo der Matthias ds Täller häregstreckt u trumpeetet het: „Chueche guet, Matti gään!" – da het ihm d Büüri no einisch e Bitz drufgleit u gseit: „Du muesch gwüss Chueche ha bis gnue."

Wi we si bi ihre hätti Hunger glitte.

D Sabine het nume no schwarz gseh a däm erschten Aabe. Mit dere Frou cha si nüt aafa. Si het nid im Sinn, sech neecher mit ere yzla.

Komisch, dass d Chind grad so uf se gfloge sy. Zwo Wuche wohne si itz da, u si sy würklech fasch meh däne als deheime. Am Aafang het se d Sabine einisch wölle ga reiche u sech entschuldiget, dass si re gäng so under de Füess syge. Da het d Frou Lybuguet wider so eine la gheie: „Mi störe si nid. We's ne hie wohl isch, chöi si sauft blybe. Me sött ne nid meh uflade, als si chöi trage." Jedes Wort e versteckte Vorwurf.

Vo de Chind seit kes Frou Lybuguet, si sy scho lang duzis zäme. Si heisst Sibyl. Wi chunnt ächt e Burefrou zu däm Name? Aber d Sabine chönnt sech keine vorstelle, wo besser zue re passti. Si het öppis Sibyllinisches a sech.

Eigentlech het si ja rächt, es isch z begryffe, dass es d Chind a allne Haar übereziet. D Rahel tät am liebschte im Hundshüsli übernachte, der Florian het es Chüngeli übercho, u der Matthias e schwarze Moudi, won er gäng umetreit. Söll si se halt heischicke, we's ere zvil wird. Hei zu re Mueter, wo mit sich sälber nid ma gfahre.

Sibylla, die Geheimnisvolle, die Weissagende! Die alte Grieche het's vilicht alben o chly tschuderet ab ihrne Sibylle.

D Sabine ruumt Socke u Underhose zäme u stellt di richtige Schue vor ds richtige Bett. Nächär geit si no ne Rundi ga Danksagige adrässiere.

*

12

„Was heit der im Sinn mit em Garte?" D Sabine schiesst
zäme, si het se nid ghört cho. Was söll si säge? Der Fred
het sech uf ds Gärtnere gfröit, het nagelnöis Wärchzüüg
samt Schnuer u Sprützchanne gchouft. Das alls steit im
Schöpfli, suber u glänzig. Was i aller Wält macht me mit
sibe Gartebett, we me bis itz jedes Salatchöpfli u jedes
Büscheli Peterlig im Lade gchouft het? We si nume nie
züglet hätt! D Frou Lybuguet steit u wartet uf nen Ant-
wort.

D Sabine entschliesst sech, der Stier bi de Hörner z näh.
„My Maa het der Garte wölle bsorge", seit si u mues
schlücke. „I verstah leider überhoupt nüt dervo, i bi i der
Stadt ufgwachse u weis nid, was i söll." D Frou Lybu-
guet git ere e länge Blick u nickt. „Me cha alls lehre, aber
i rächne, dir heiget itz anders z dänke. D Bluemebandeli
ringsetum cha me la sy, die sy aagsetzt u gä nid vil z tüe.
Der Räschte cha de der Schwager aablüeme, das isch am
eifachschte. De heit der es Mätteli, wo me cha määje."
Was für ne Schwager?

„Sibyl, Sibyl", hoopet's überobe zum Fänschter uus.
Aha, d Belegschaft isch erwachet. D Büüri blybt stah
u luegt zrugg. „Het der Tedu guet gschlafe? Säg ihm
de e Gruess!" Was das Meitli für ne Sach het mit
däm Hund. Troolet uf ihm ume, reckt ihm i d Ohre,
nimmt ne am Schwanz, u das Mordiovych lat sech alls
gfalle.

D Sabine het gäng no Reschpäkt vor däm Chalb u geit
nid i d Neechi, aber d Chind mache mit ihm, was si wei.
„I will's pünktlech usrichte", lachet d Frou Lybuguet u
winkt ufe. Wi die es schöns Gsicht het, we si lachet. Es
veränderet se richtig, si würkt vil weicher.

D Buebe holeie uf der Loube, beid no im Pyjama.

„Matti cho, he?" rüeft der Chlynscht.

„Gwüss chasch cho, we de darfsch, i bi im Pflanzblätz."
E Blick zur Sabine, ds Lächle löscht uus, wi wenn e
Schybewüscher drüber wär. Si geit.

D Sabine steit wi gchläpft. Si het doch dere Frou nüt i
Wäg gleit, werum isch die so?

Wi söll si das ushalte, da cha me ja nid schnuufe, das
isch ja fürchterlech.

„Dir dörft ere das nid übelnäh, Frou Graf. Si meint's nid
eso u weis gar nid, wi si würkt uf frömdi Lüt." D Frou
Chummer. Si wohnt im Spycher äne. Das isch e nätti
Frou. „I mues i ds Dorf, cha nech öppis bringe?"

D Sabine sött Milch, Anke u Windle ha, aber si wott ere
das nid zuemuete. Si geit de am Namittag mit em Chinds-
wage.

„Dir underschetzet mi", lachet d Frou Chummer, „i ma
feiechly vil trage, nume lüpfe chan i nid. I de Läde wüsse
si's u packe mer's y."

Si isch behinderet, het lahmi Achsle, u der Stimm aa
ghört men o, dass öppis nid i der Ornig isch.

D Sabine git sech e Ruck. „We der heichömet, hättet der
vilicht Zyt für nes Gaffee? I möcht nech öppis frage. Itz
mues i d Chind ufnäh u Zmorge mache."

D Frou Chummer chunnt gärn. E zünftige Gaffeechlap-
per vo Frou zu Frou mues albeneinisch sy, hilft eim über
mängs ewägg.

D Chind sy scho ganz sturm u hei fasch gar nid derwyl,
Zmorge z ässe. D Rahel mues unbedingt sofort mit em
Tedu ga spaziere, dä het di ganzi Nacht uf se gwartet,
süsch geit äbe niemer mit ihm. Der Florian mues drin-

gend ga schaffe. Wenn er nid bim Fritz uf em Stallbänkli isch oder mit ere Gable fuerwärchet u hilft ströie oder Gras ynegä, de hocket er bim Franz uf em Traktor, stundelang.

D Sabine het's zersch nid gärn gha, ihre mache di grosse Maschine angscht. Aber der Franz het se beruehiget. Es syg vil gschyder, di Chind vo chlyn uuf a d Gfahre z gwane. Er heig d Pursch lieber im Oug, alls dass sin ihm zuechelaueri, wenn er nid druf gfasst syg. Er bindet se alben aa mit Chalberhälslige, er het scho alli drü by sech gha.

Wo d Frou Chummer zruggchunnt, sy di grössere zwöi scho uf der Tour, nume der Matthias zwaschplet no uf em Stuel desume u raauet: „Bibil gah, Bibil gah!" Zersch wird d Schnitte gässe u d Milch trunke, öppis wird d Mueter wohl o no z säge ha. Der Matthias wott ke Schnitte, er wott ke Milch, er wott zur Bibil. D Sabine git nid na, da läärt er ds Tassli ufe Tisch use. Si verlüürt d Närve, fat aa brüele u geit uf ne los. Der Bueb möögget mordio, si chönnt ne zämebrätsche. Da gspürt si e Hand uf em Arm, und e ruehigi Stimm seit: „Reget nech ab, Frou Graf, es isch si nid derwärt, das isch gly ufputzt."

D Sabine schüttlet di Hand ab, schiesst ume, si gspürt sech fasch nümm. „Jede Tag drümal macht dä e settigi Souerei, i han ihm äxtra es breits Tassli gchouft, es nützt alls nüt. Dä macht das us Trotz, i cha itz de nümm!"

D Frou Chummer probiert z besänftige. „Es git gröseri Problem als verschütteti Milch. Dir dörft öji Chraft nid so vergüüde." D Sabine explodiert. „Chraft! I ha ja keni meh, weder für Wichtigs no für Unwichtigs, i ha eifach ke Chraft meh!" Si gheit uf ne Stuel u hüület lut use.

Der Matthias erchlüpft u schwygt. D Frou Chummer nimmt ne uf d Schoss u fueteret ihm syni Schnitteli. Derna schickt si ne use.

D Frou Chummer schänkt sech es Gaffee y u wartet, bis d Sabine wider chly zue sech chunnt.

Es geit lang. Das isch ds erschte Mal, dass si so richtig usegrännet. Si het bis itz gar nid chönne, es isch alls so blockiert u verhocket gsi ire inn. U itz, wo's louft, cha si nümm abstelle.

D Frou Chummer schwygt. D Sabine wett ufhöre, aber si cha nüt mache, es schüttlet sen eifach. Gäng früsch wider überschwemmt sen e Wälle vo Eländ, es louft u louft us ihrnen Ouge, dass si ds Gfüel het, si schwümmi sälber dervo uf der Tränefluet.

Ändtlech schwankt si zum Schüttstei übere, lat Wasser i di hohle Händ loufe u chüelet di brönnigen Ouge. „Excusez!" schnüpft si.

„Dir müesst das nid ungärn ha", seit d Frou Chummer, „syt dir froh, dass der chöit plääre. Wehrit ech nume nid. Es git so Momänte im Läbe, da git's nüt anders, als der Äcke yzie u warte."

D Sabine wüsst nid, uf was si sött warte. We si probiert i d Zuekunft z luege, gseht si numen es schwarzes Loch.

D Frou Chummer nickt. „Richtig. Es cha nech niemer hälfe, dir müessit da sälber derdür."

Derdür! Für was ächt? Uf d Sabine wartet nüt änenache, ihres Läbe isch kabutt, ihre Maa het sen im Stich gla, am liebschte gieng sin ihm uuf u nache.

Itz wird d Frou Chummer energisch. „Frou Graf, so öppis wott i nie meh ghöre, nid emal dra dänke dörfit der. I weis, dir tragit e schwäri Burdi, aber da syt der nid di einzigi. Luegit doch öji Butzen aa, die sötti nech doch e Troscht sy."

Di Butze! Die chöme no derzue zu allem andere. Die gä der Mueter ke Halt, im Gägeteil, si suge sen uus, bis si usglouget isch. D Sabine het ke Mönsch meh uf der ganze Wält, o der Fred het keni Verwandte hinderla. U wül si beidi als Einzelchind ufgwachse sy, hei si e grossi Familie wölle. U si hei so Fröid gha, u si sy so glücklech gsi, u itz macht er sech us em Stoub u lat se eleini mit Chind, wo lieber bi allnen andere Lüt sy als bi der Mueter.

„Das miech i grad glych, wenn i e Mueter hätt, wo über de Tote di Läbige vergisst."

Es breicht d Sabine. Si weis das ja alls, si weis, dass si der Fred nid cha zruggreiche, aber wi söll si über sy Tod ewäggcho, we si tagtäglech a dere Suppe mues löffle, won är ybrochet het?

Ohni dä Stöcklifimmel wär si itz wenigschtens i der alte Wonig, wo's ere wohl isch gsi, wo si sech gwanet isch gsi, u müesst sech nid mit ere Frou umeschla, wo re mit jedem Blick, jedem Wort u jeder Handbewegig z verstah git, dass si alls u jedes hundertmal besser cha als das Huen us der Stadt. U we re der Fred es einzigs Wort hätt möge gönne wäge sym schlächte Härz, de hätt si itz nid drü Chind.

„Itz heit der's halt nid gwüsst, un itz heit der halt drü Chind. U dir wärdit mer nid wöllen aagä, si syge nech fürig. U das vo der schlächte Mueter isch dumme Züüg. Es isch eini nid e gueti Mueter, we si ihri Bruet verbypääpelet, se ke Sekunden us den Ouge lat. Im Momänt isch es würklech besser für se, si chönni sech bi Lybuguets äne beschäftige und ustobe, als um öich umezlyre.

Löt se übere, we si gärn gö, Lybuguets chöis mit de Chind, myner sy ou meh däne gsi als deheim. U zu Grosschind wird d Sibyl chuum meh cho, da müesst fasch es Wunder gscheh.

D Sabine seit nüt druf. Starche Tubak, wo me re da serviert. Eigetlech bruucht si ke Gouvernante.

D Frou Chummer isch e Merkigi. „Gället, i ha nech ds Mässer chly zuechegla, näht mer's nid für übel. I mische mi süsch nid i frömdi Aaglägeheite, aber öji Bemerkig vo wäge uuf u nache het mi i Gusel brunge."

„Macht nüt", länkt d Sabine y, „i ha mi gloub zimli dernäbe benoh. Es het mer eifach usghänkt, i ha nümm gwüsst, was i säge. I wott nid behoupte, i heig no nie mit em Gedanke gspilt, di Schlaftablette vom Dokter z schlücke, aber mache würd i so öppis nie. I wär gar nid fähig derzue. I cha nid begryffe, dass öpper ds Läbe so furtschiesst. U drum han i o so Müe mit Freds Tod. Wenn's en Unfall wär gsi oder Chräbs, de chönnt i's vilicht akzeptiere, aber er het gwüsst, dass sys Härz nüt ma verlyde, u glych het er's forciert. Für mi isch das en Art Sälbschtmord, u d Wuet, won i uf ne ha, isch mängisch fasch grösser als d Truur, ds schlächte Gwüsse bringt mi no um."

Si chönn ihri Töibi guet nachefüele, seit d Frou Chummer, aber us der Sicht vo ihrem Maa gsääch di Gschicht vilicht ganz anders uus. U syni Gedanke und Empfindige am andere plousibel z mache, syg o nid jedem gä. D Sibyl syg so eini, wo schwär heig, sech uszdrücke.

Ja würklech, d Frou Lybuguet syg es Riiseproblem für se, seit d Sabine. Si heig scho diräkt Hemmige vorusezgah, us luter Angscht, si begägni enand. „Di Frou isch so unheimlech tüechtig. Si het ja scho blüejigi Granium itz Mitti Mai u sicher sälber zoge, der Garte isch gschläkket, wi we si ne mit der Pincette tät jätte. Si isch so überläge u glychzytig unfründtlech, dass es fasch a Unhöflechkeit gränzt." Si schüchteri d Sabine richtig y, si chöm sech chlyn, schäbig und unbedütend vor näb ere. Und wi si d Chind im Griff heig, u wi die sen aahimmli, syg o nid grad en Empfälig für Sabines Mueterqualitäte. D Frou Chummer schüttlet der Chopf. „Da hei mer's wider! Si het chly en unglücklechi Art, das isch wahr, aber si isch nid vo nüt eso worde. D Sibyl het vil düregmacht, das hätt nid jedi überstande. Drum lat si nüt meh a sech häre, das isch reine Sälbschtschutz. Si isch kei Ungradi, mytüüri nid. We me re's breicht, cha men alls ha vo re. U dass si bi frömde Lüt afe chly vorsichtig isch, cha me re weis Gott nid aachryde, si het ihri Erfahrige hinder sech. Es gloubt kei Mönsch, was alls isch pladeret worde über di Familie, nütnutzigs, bösartigs Gwääsch. Un es het ere gäng, wo dumm oder tüüfelsüchtig gnue sy, derigs Gchätsch a ds rächten Ort häreztrage. Nenei, d Sibyl isch scho rächt, un i sälber ha meh weder nume Grund, sen i Schutz z näh. I darf nid dra dänke, wi das usecho wär ohni seie, wo der Maa un ig vo eim Tag ufen ander hei i ds Spital müesse, vo de Chind ewägg!"

„Das cha scho sy, aber gäge mi het si öppis."

„Ds Glyche dänkt si wahrschynlech vo öich. Dir läsit ere ja würklech alls uuf, findet hinder jeder Bemerkig e Gyx u tüet ou dernah. D Sibyl nimmt d Hörndli sofort yche u ziet sech i ds Schnäggehuus zrugg, u de geit's e Cheer, bis si sech wider fürelat. Wenn ech e guete Rat cha gä, de machit dir der erscht Schritt. D Sibyl cha's nid, da giben i nech jedi Garantie."

„U we si mi wider abputzt?"

„We si mängisch chly puckt isch, heisst das no lang nid, dass si nech wott abputze. Dir müessit nume nid öppis ga sueche, wo nid isch. Dir heit di Frou nüt z schüüche, gloubit mer's."

D Sabine findet's komisch, dass es i eir Familie so komplett verschideni Mönsche cha gä. Maa u Suhn sy doch ganz anders, nid so verchlemmt. Guet, si lafere eim scho nid grad z Bode, aber bi dene zwene hätt si itz ömel no nie Hemmige gha, öppis z frage. Wi die ihre ghulfe hei bim Zügle u bim Yruume, si wüsst ömel nid, was si eleini hätt sölle mache.

„Em Fritz mues me zwar scho jedes Wort abchoufe, aber ufründtlech isch er nid, er redt eifach nid vil. U der Franz ma e Tröchni sy, aber es stört mi nid, i ha gärn chly Abstand. Im Block han i chönne Studie mache, wi das usechunnt, we me di ganzi Zyt d Nase zämestreckt. Zersch sy si unzertrennlech, u nach paarne Wuche hätte si sech fasch d Chöpf ygschlage, meischtens wäge irgend eme belanglose Chabis."

„Us jeder Arschläckete git's e Haarrupfete", seit d Frou Chummer u steit uuf. „U mir zwo wei's ou nid übertrybe. I will machen u gah. Wenn wider einisch e Chropflääärete nachen isch, so wüssit der, won i bi."

„Oder e Chopfwösch."

„Mängisch bruucht's beides. Zürnit nüt, u danke für e Gaffee."

Di Frou seit ihri Meinig ungschminkt, da weis me, woraa men isch. Übelnäh cha re's d Sabine nid, ihre imponiert di Offeheit. Wenn alli so wäre.

D Frou Chummer chunnt no einisch zrugg. „Dir, itz fallt

mer no öppis uuf. Vo Maa u Suhn heit der gredt. Suhn
stimmt, aber Maa nid. Fritz isch der elter Brueder vo
Sibyls Maa, dä isch vor bal zwänzg Jahr gstorbe. Ja,
luegit nume! Dä Lerchehag isch es richtigs Witfroue-
näscht, i bi ou scho lang eleini. U dene zwene Mürggle
däne legit kei Lorbeerchranz aa, das sy Chnuppesaager,
eine wi der ander."
Iii, das isch de pynlech. Ke Mönsch het der Sabine das
gseit, da hätt si schön chönne drytrappe. Si het zwar scho
gmerkt, dass der Franz nie Vatter seit, aber dänkt het si
nüt derby. Der Fritz isch also dä Schwager, wo mues cho
Rase sääje.
Bim Abwäsche studiert d Sabine a däm allem ume. Ler-
chehag – e schöne Name für ne Hof. Luftig u heiter,
diräkt poetisch. Si kennt d Vögel nid guet, nume Spatze,
Amsle u Chrääje, aber d Lerche syge liecht u zierlech u
singi u jubiliri höch obe, das het si einisch gläse.
Der Lerchehag isch es stattlechs Heimet, es mächtigs
Burehuus mit Stall, Tenn u Wohnhuus, zwe grossi
Schöpf, es alts Ofehuus, e Spycher, es Stöckli. Stöckli
isch zwar undertribe, das isch ehnder e Stock.
Chuchi, Wöschchuchi, Bad, sächs Zimmer. Di ganzi Hü-
sergruppe isch am Rand vom Dorf, chly für sich, fasch
en eigeti Wält.
Lerchehag. Ussert öppe de Chind jubiliert da niemer.
Hie wohne keni Singvögel; Mürggle, Chnuppesaager u
Witwe sy da deheime. Chrääjenäscht würd besser passe.
Wi mänge Hund isch ächt da äne no verlochet? U bi dere
Frou Chummer? Vo sich het si fasch nüt verzellt. Was
isch eigetlech e Chnuppesaager?
D Sabine ruumt ds Gschiir i Schaft. Nächär macht si

sech uf d Suechi nach ihrne Sprösslinge. Der Florian ghört si vo wytem, er naglet mit eme Yfer, wo si gar nid kennt byn ihm. Ganz verschwitzt u verchutzet isch er.

„Lueg einisch, Mueti, i machen e Chüngelistall, gäll, das git den e Schöne", erklärt er wichtig u zeigt uf nes undefinierbars Ghütt vo Lattli u Brätter. Aha, e Chüngelistall. Di Chüngle wärde sech fröie.

„Also würklech, di fröie sech, der Fritz het's o gseit." Jä, we's der Fritz gseit het! Dä flick itz grad der Zuun vom Chalberweidli.

Der Matthias waschlet hinder em Huus mit der Frou Lybuguet, dä isch o versorget. U wo isch d Rahel? Sicher mit em Tedu underwägs. Si gö albe zäme düre Fäldwäg gäge Wald hindere, der Hund fasch so höch wi ds Meitli. Passiere cha nüt, bi däm Kamel isch d Rahel ghüetet. Aber hütt isch das Paar niene. D Sabine weis nid rächt, was mache. Angscht het si nid grad, aber si möcht scho wüsse, wo sech di Tochter umetrybt.

D Rahel isch rächt unabhängig für ne Sächsjährigi, weis genau, was si wott u macht kes Gheimnis us ihrer Meinig, we ren öppis nid passt. Gäge di beide Brüeder behouptet si sech mit ere Sälbverständlechkeit u Seelerue, wo d Mueter wett, si hätt sen o. Si isch nid zanggsüchtig, aber we re d Bueben es Bäbi oder es Spilzüüg näh, wo si ne nid wott gä, de zeigt si ne churz d Chralle oder fahrt ne ohni vil Fäderläsis mit beidne Händ i d Haar. Si lat sech nid schnäll beydrucke.

D Sabine vergisst nie, wi se d Rahel einisch ufe Boden abe greicht het. Es isch e Tag gsi für d Wänd ufzchlädere. Der Chlynscht het im Wiegeli graauet, der Florian het bockbeinig ta, zwängt u gchääret, der Husmeischter

isch cho stürme wäg ere Balle i de Rose u wäg em Chinds-
wage im Stägehuus, d Frou Miescher het wäge der
Wöschmaschine gstänkeret, ds Telefon het tschäderet,
und em Matthias sy Schoppen isch aabrännet. Wo d
Rahel mit em Ellboge no nes Täller het vom Tisch gmüpft,
isch das Närvebündel vo Mueter halt explodiert. Si het d
Füüscht gmacht u gwüetet, si hätt us der Hut chönne. Si
schämt sech no hütt, we si a d Reaktion vo der Rahel
dänkt. Die isch mit verschränkten Arme vor se häre gstan-
de, het se beobachtet, der Chopf gschüttlet u gseit: „Wi
ne Häx."
Söll si ächt der Fritz ga frage, öb er se gseh heig, oder d
Frou Lybuguet? Ä nei, si ma nid, es isch schliesslech d
Ufgab vo der Mueter, zu ihrne Chind z luege. Da ghört si
se plötzlech rede, hinder em Wageschopf. Si düüsselet
zueche u luegt umen Egge. D Rahel chnöilet vor ihrne
Grebli u plouderet mit em Hund, wo der Lengi nah im
Gras ligt, der Chopf uf de Pfote, und albeneinisch mit
sym buschige Schwanz schlat.
„Gäll, Tedu, da muesch ganz fescht Sorg ha, da darfsch
nid düretschalpe, süsch machsch alls kabutt. Das macht
me nid, Tedu, uf em Fridhof mues men Ornig ha. Das
isch ds Müsli, das isch ds Vögeli, das isch ds Chäferli,
das isch ds Beieli. Die sy itz alli im Himel. We me stirbt,
chunnt me i Himel. Weisch, Tedu, si sy scho da im Greb-
li, aber im Himel sy si o, weisch, bi mym Vati. My Vati
isch o im Grebli u im Himel. Das isch truurig, Tedu, we
der Vati gstorben isch.
Ds Mueti isch ganz fescht truurig, aber es besseret de
scho wider, der Sibyl het's o besseret. Der Sibyl ihre
Vati isch o einisch gstorbe, weisch, Tedu. Es isch ganz,

ganz lang gange, bis es besseret het, d Sibyl het mer's gseit."

*

Nach em Zmittag chunnt der Fritz cho mälde, er wöll de am Aabe no di Gartebettli freese, si söll ds Gröbschte ushacke. „Gjätt", macht er no, won er der Sabine ihres verständnislose Gsicht gseht. Ja sicher, si wöll das mache, aber wo si de mit däm Gjätt häresöll. „Ufe Mischt dänk." Er schlarpet dervo. Si gseht ihm vo hinden aa, was er über se dänkt, eini wo nid emal weis, wohi mit em Gjätt. Si weis nüt, nüt, nüt vo der blöde Burerei. Wär si doch i der Stadt blibe!

Da chunnt er scho wider zrugg, stellt e grosse Plasticchessel vor se häre u brummlet: „Dä chasch ha. D Sibyl het e settige für ds Gjätt, er syg gäbig."

Natürlech weis d Sibyl, was gäbig isch für ds Gjätt. Sibyl, Sibyl, si cha's nümm ghöre.

Si tuet der Matthias i ds Bett, dä schlaft gottlob no am Namittag. Sit si ne nümm i der glyche Stube mues ha wi der Florian, erwacht er mängisch ersch am vieri. Wenigschtens öppis Positivs a der Züglerei. Me mues eifach o ds Positive gseh!

D Rahel velöölet uf der Terasse. Si het en alte Bäremani ane Schnuer bunde, ziet ne hinder sech nache u düderlet: „Chumm schön, Tedu, chumm, bis e Brave. Tue schön folge, überchunnsch de e Chnoche, we ds Mueti wider einisch Hüenerbei macht."

D Sabine reicht ds Hackeli u geit hinder di Gartebettli. Si het ke Ahnig, was da wachst, aber furt mues dänk alls.

24

Die müesse nid meine! Verbisse geit si uf das grüene Züüg los, schlat dry, schrysst uus, schüttlet Härd ab de Würze.

Dene wott si itz zeige, dass si o öpper isch! Si hacket u schuftet, treit der Chessel zum Mischt, geit wider druflos. Der Rügge tuet ere weh, si het Blaatere a de Händ, wo ekelhaft brönne, aber si git nid uuf, bis ds ganze Gärtli suber gjättet isch. Zwo Stund bruucht si, nid einisch macht si e Pouse. Wo si fertig isch, hocket si uf d Stäge und isch halb tod.

„Mueti, du gsehsch grad uus wi ne Negerfrou", gigelet d Rahel. „Du hesch schwarzi Backe, wi d Chöchi im Liedli vom Chemifäger. Ganz schwarz, gang lue einisch im Spiegel."

„Aha, allwäg vom Schweisabputze. Das macht nüt, geit alls ab mit em Wäschtüechli." D Sabine mues stöhne bim Ufstah. Tuet ihre der Rügge weh! U wo si mit de Händ i ds Wasser geit, chönnt si göisse, so stäche di Blaatere. Die sy natürlech lengschte ufgange. Aber das isch no nüt. Si cha d Arme fasch nid lüpfe, für sech z wäsche, aber o das isch wurscht. Si het's fertigbracht, si het ne's zeigt, dene Buremürggle.

Si nimmt der Matthias uuf, leit nen aa u nimmt ds Wägeli füre. Er wott no nid so rächt loufe, ömel nid bis i ds Dorf. D Rahel behouptet, dass der Bäremanitedu itz müed syg u nid chönn mitcho. Nach langem Verhandle reicht si der Gjättchessel, leit ne under der Stäge umkippt häre und erklärt ne zum Teduhüsli. Nächär gö si alli vieri i ds Dorf, ga Hüenerbei choufe.

*

Nach em Znacht chunnt der Fritz mit eme Motorhackeli u fat aa, di Bettli z bearbeite. Es macht zwar e fürchterleche Krach, aber das gäb weniger Muskelkater. Langsam und exakt fahrt er mit däm Grät hin u här u leit ei fyn ghackete Streife näben ander. Druf höischt er es Rächeli u macht alls schön glychmässig flach, bis ds Gärtli usgseht wi ne weiche, bruune Teppich. Vom Rand här ströit er Same druf, mit schöne, grosse Bewegige. D Sabine luegt zue, es wird ere ganz merkwürdig. Si het no nie eine gseh sääje. Dä macht das nid zum erschte Mal, da sitzt jede Wurf. Itz reicht er zwe grossi, glatti Lade, leit se näbenander uf ds Gsääite, louft paarmal uf em einte hin u här. E Schritt ufen ander, er lüpft der erscht Lade u leit ne näbezueche. So trappet er Ladebreiti um Ladebreiti, bis der Same uf der ganze Flächi aadrückt isch. Nach ere Stund isch der zuekünftig Rase fixfertig. Der Sabine hätt itz das meh z tüe gä. U überhoupt, si hätt ke Hochschyn gha, wi me so öppis aapackt.

Was es choschti, fragt si.

„Stürm doch nid", ruret Fritz u geit mit de Lade übere. Di Arbeit syg ihm doch öppis wärt, so guet wi ihre, setzt si no einisch aa, won er ds Maschineli chunnt cho reiche. Er söll säge, was er müess ha.

„Söllsch nid stürme!" Itz isch er zimli churz aabunde. Si wärweiset. Beleidige wett si ne nid, aber si möcht ihm eifach öppis gä. Ihre isch e rächte Stei ab em Härz, dass dä Garte gmacht isch. Es Bier nähm er allwäg scho, aber wohär söll si das näh? Si het kes im Chäller.

„Söll der es Gaffee mache?" fragt si ändtlech.

„He, we d's wosch zwänge …" brösmet er füre, hocket uf ds Bänkli u grüblet e Tubakpfyffe us der Chuttetäsche.

26

Der Franz louft chly speter o no zueche. Es isch nid e turbulänti Rundi, aber si hei's fridlech. D Manne tubake uf em Bänkli, d Sabine hocket uf der Stäge u schänkt albeneinisch Gaffee nache. Si gspürt jede Chnoche, jedi Bewegig tuet ere weh, si cha ds Byschte nid gäng verchlemme.

„Hesch Gsüchti?" fragt der Fritz afe.

„Muskelkater. Vom Jätte. Das Bure isch e mörderleche Chrampf!" Si lache. „We me's nid gwanet isch …" Si lö Rouchwulchen um Rouchwulchen use. Nach eme Wyli seit d Sabine, es düech se mängisch, si syg da ine total frömdi Wält cho. Es syg ere pynlech, aber si heig vo nüt en Ahnig.

„Kei Mönsch cha alls chönne", meint der Fritz gmüetlech, u der Franz dopplet nache, si chönn allwäg ou Sache, wo si zwee dumm dastienge.

U nächär wider ei Lengi nume no Tubakrouch u hin u wider ds Rassle vore Chötti im Stall äne. Sy das schwygsami Gescht.

„Was isch eigetlech e Chnuppesaager?" fahrt's der Sabine plötzlech use. Der Franz u der Fritz gä sech e Blick u grinse. „Isch seie by der gsi?" fragt der Fritz u düet mit der Pfyffe gäge Spycher übere. D Sabine gspürt sech zündtrot wärde, haarscharf hei si das kombiniert, di zwee. Die hei's fuuschtdick hinder den Ohre. Si grinse no gäng. Nach langem bequemt sech du der Fritz zuren Erklärig. „Si het gäng chly Hatz mit üs zwene, d Röse. Si isch nüt weder hinder is wäg em Hürate, scho zwänzg Jahr geit itz das eso. Mi het si itz allem aa ändtlech als hoffnigslose Fall abgschribe, isch ja ou Zyt. Süsch chönnt me de fräveli säge, wi elter, wi Chalb, we emen alte Chlous no öppis sövel Sturms ds Sinn chäm. Aber itz isch Fränzu dranne, däm isch si ufsetzig wi der Tüüfel ere arme Seel." E länge Schnuuf un e tolle Zug us der Pfyffe. E settig längi Reed het er allwäg scho lang nümm gha.

Itz hänkt der ander y: „Si isch süsch e Gäbigi, aber chly ne Füürtüüfel. We mer sen es ungrads Mal chöi i Bare spränge, spare mer's nid, da wei mer ehrlech sy. Mir stellen is gärn chly dumm, wi we mer dür d Müli glüffe wäre. Das bringt sen albe rächt i d Sätz, u de nimmt si kes Blatt vor ds Muul."

D Sabine het einisch meh Problem. „Werum isch eine blöd, wenn er dür ne Müli louft?"

Das läschtige Grinse! „Wenn eine dür d Müli glüffen isch, het er Mähl am Ermel, er isch chly mit em Sack gschlage. U Chnuppesaager isch der Röse ihre liebscht Schlämperlig", erklärt der Fritz, u der Franz ergänzt: „Mängisch sy mer ou Lymsieder oder Chrüpfedrücker, chunnt ganz druf aa, wi der Luft wääit. Aber Chrieg hei mer wäge däm nid, das isch meh fürenand z fecke."

„Es isch ere eifach nid wohl, we si nid vo Zyt zu Zyt öpperem cha der Gibel chirsche, di Röse bruucht das", meint der Fritz.

Rosa isch e Name, wo d Sabine scho lang nümm ghört het, dä isch ganz us der Mode cho, wi Mina u Lina u Bertha.

„Eigetlech heisst si Rosmarie", stellt der Franz di Sach no richtig, „aber si isch scho meh e Röse."

D Reservoir sy allem aa läär, es chunnt ömel nüt meh. Ersch, wo's fasch fyschter isch, nimmt der jünger no einisch en Aalouf: „So, mer sötte dänk." Er chlopfet d Pfyffen uus, der Fritz o.

28

„Tue de ds Tööri zue, dass der Hund nid drylaueret."

Das sy zwe Knüüsse. D Sabine ruumt ds Gschiir zäme u merkt plötzlech, dass si vor sech härelachet. Si erchlüpft fasch ab sech sälber. „Was hesch du z lache, schämsch di eigetlech nid?" Nei, eigetlech schämt si sech nid. Es isch zwar underdessi stockfyschter worde, aber es isch, wi wenn ire choleschwarze Wulchewand es Spältli ufgange wär u d Sunne chly hätt düreblinzlet.

Iii, was isch das, was ghört me da, wär chunnt da? Si reckt nach em Rächeli, wo am Stägegländer lähnet.

„Du, no wäge disem ..."

D Sabine schnuufet uuf, es isch nume der Franz.

„E Chnuppe isch öppis wi ne Gschwulscht oder es Gschwür. Bime Boum seit me Chnorz. E Chnorz isch zääi u het etgäge, u we me ne wott versaage, mues men ewig lang gyge. E Chnuppesaager isch e längwylige Chnieppihund. Guet Nacht."

*

D Sabine erwachet mit eme sturme Chopf. Si het schlächt gschlafe u wüeschti Tröim gha. Si isch gfesslet gsi u het sech nid chönne löse. Einisch het si gmeint, si syg mit riisige Negel a Bode gnaglet. Si het gsperzt u gschrisse, het aber mit aller Gwalt nid ufchönne.

Wo si geschter Aabe i ds Bett isch und em Fred sys Bild uf em Nachttischli gseh het, isch ihri lockeri Stimmig mit eim Schlag zämegheit gsy, es het se wider überno. Si het grännet, bis si ygschlafen isch.

Itz isch si wach, d Ouge brönne, si cha d Händ fasch nid strecke vor luter Blaatere, Arme u Bei sy us Blei. Si isch wi grederet, zwar nid aagnaglet, aber es chunnt uf ds Glychen use, si cha sech fasch nid bewege.

Müesam suecht si ihri Glider zäme u graagget afe ufe Bettrand. Ihre tüe Muskle weh, wo si gar nid gwüsst het, dass si die het. Gstabelig steit si uuf u schlycht i ds Bad. Vilicht hilft e heissi Dusche. E Blick i Spiegel hout se fasch ab de Füess. Das rotöigige, verstrublete Gspänscht söll si sy?

Das ma si nid aaluege. Si duschet usgibig u so heiss, wi si's grad no ushaltet. Es hilft tatsächlech echly, ihri Verspannig löst sech langsam. Si isch zwar no nid wi süsch, wo si us der Wanne usechnorzet, aber si cha sech ömel wider einigermasse bewege. U itz i d Chuchi ga Gaffee choche, so starche wi nume müglech!

Wo si ds Gschir vo nächti uf em Tropfbrätt gseht, lächeret es se wider. Chnuppesaager, Chrüpfedrücker.

Gnau gnoh het d Röse rächt. Wäge Gfüel sött me sech nid schäme, für Gfüel cha me nüt. Also – vo hütt aa isch fertig mit däm, vo hütt aa wärde keni Träne meh gschlückt, da lachet si, we's ere drum isch, u we si verruckt isch, isch si verruckt. Fertig. Dä Entschluss tuet ere regelrächt wohl.

Überobe rüert sech nüt, es isch no früech, ersch halbi sibni. De cha si afe e Chorb voll Wösch zämelege u versorge, u vilicht no chly glette.

Di Wöscherei hie im Lerchehof hänkt ere scho meh aa als süsch. Früecher hei d Chind fasch e Wuche lang ds Glyche chönne trage. Aber das het gänderet. Chuum sy si suber zum Loch uus, chöme si mit Dräck überzoge wider yne. Si chönnt se füfmal im Tag anders aalege. Aber das macht si nümm. Wenn öpper di Garde suber wott luege, de söll er am Morge cho. Si het eidütig zweni Chleider, si müesst jedem Stück nachespringe u's grad sofort ume wäsche. Si mues unbedingt no paar Sache ga choufe, zmindscht jedem zwöi Kombi un es Paar Stifel. Das lyret de wider uuf.

*

„Mueti, wo hesch itz di Hüenerchnoche, i mues die em Tedu bringe."

„Wohlöppe muesch du itz scho im Pyjama zum Tedu! Das Gstürm jede Morge wott i itz eifach nümm, zersch wird aagleit u zmörgelet. Überhoupt darf me de Hünd gar nid Hüenerchnoche gä, i ha das gläse."

„Mol, me darf, d Sibyl het's gseit. I ha em Tedu die Chnoche versproche, dä wartet druf. Dä meint, i heig ne vergässe, wen i so lang nid chume."

„Ds Mueti mues itz no der Matthias aalege, dä stürmt o scho desume. E Halbstund wird dä Tedu wohl chönne warte, verhungeret gseht er ömel nid uus!"

„Aber pressier echly, süsch geit der Tedu ohni mi furt."

„Eis nach em andere, i cha nid zoubere."

Wo d Sabine mit em Matthias abechunnt, het d Rahel deckt gha, höcklet uf ihrem Stuel und trumelet mit de Finger ungeduldig ufe Tisch. Genau glych het's der Fred albe gmacht, wenn er se het wölle helke.

„Mueti, was tätisch de du zoubere, we de chönntisch?"

„Was söll i säge? Öppe drü bravi Chind, wo chöi folge."

D Rahel nickt, si findet das e gueti Idee. „Ou, da wäre mer de vil! Aber gäll, Mueti, nume Meitli."

„Was vil? Mir sy doch scho mängs gnue!"

D Rahel streckt d Finger uuf, chnüblet u zellt u het's schliesslech duss: „Gäll, de wäre mer sibni."

*

„Was hesch, Matthias, was isch los?"
Dä steit under der Tür u rysst syni himelblauen Ouge uuf, dass si fasch usegheie. „Fitz toube, säge tami, tami tami." U derzue macht er es Gsicht, wi wenn er d Posuune vo Jericho ghört hätt.
D Sabine kennt Fritzes Wuetusbrüch scho. Dä lyret mängisch ab, dass d Schybe tschädere, si het vorhär nie öpper sövel lang anenand und ohni sech z widerhole ghört poleete. Da merkt me de albe nüt meh vo syr Schwygsamkeit.
„Werum isch der Fritz toube, dass er so mues flueche?"
„Foli Hammel no, Fitz bäägge!" Ds Mueti söll das unerhörte Ereignis nume rächt chüschte.
„Matti Hammel no nid, Fitz Matti bäägge nid."
Für d Sprach vom Matthias bruucht's no ne Leitfade. Matti, Foli, Lela – Matthias, Florian, Rahel. Aber we der Fritz tami, tami, tami seit, wül der Florian e Hammer gnoh het, geit si gschyder ga luege. Si chunnt nid wyt.
Der Florian springt ere etgäge u hornet wi am Mässer, ds Wasser louft ihm über d Backen ab.
„Der Fritz het mi aabrüelet, der Fritz het mi aa – aa – aabrüe – hüelet!" schnopset er u grännet zum Steierweiche.
D Sabine nimmt ne ufen Arm u geit mit ihm yne. Si strychlet ne u redt ihm guet zue, aber er cha sech nid erhole.

Nid emal wo der Fred gstorben isch, het er so ta. Er isch denn nume duuch umegschliche, u het nid rächt begriffe, was passiert isch.

Der Vati isch eifach furtgange, aber er isch vorhär o mängisch nid da gsi. Aber itz het ne sy Fritz aabrüelet, das het er begriffe, u sy Wält isch us de Fuege. Der Sabine ihri o.

Si drückt der Florian a sech, u si briegge beidi, bis der Matthias ds Mueti am Ermel zupft. „Mueti gänne, he? Macht nüt. Fitz Mueti bäägge nid."

*

Zmittag erklärt ere der Franz das Drama. Der Florian syg doch geschter mit em Fritz ga der Weidlihaag flicke. U hütt heig er es Kilo nöji Negel erlickt, won er i der Budigg öppis gchlütterlet heig. A dene Nagelpäckli syg zwar zääis Packpapier, un es bruuch no feiechly Chraft i de Finger, für's ufztue. Aber irgendwie heig's der Bueb fertigbrunge, das Pack ufzchnüble. U du heig er halt e Hammer gnoh und syg ga Weidli flicke. Wahrschynlech syg ihm das gly verleidet, jedefalls syg er du uf d Boumstämm los. Guet ds halbe Päckli heig er vernaglet gha, won ihm der Fritz derzueglüffe syg.

Bi de Böim ma der Fritz gar nüt ha, das sy syner Ougestärne.

Der Franz macht mit jeder Maschine e wyte Boge, dass es ja ke Chribel git, süsch wohl Mähl! Drum isch äbe du das Donnerwätter losgange. Wäge de Böim isch es nid so schlimm, di wärde di paar Negel wohl überstah. Ds Dumme isch nume, dass me nid weis, wivil der Bueb no

33

verzütteret het im Gras. Wenn e Chue Yse verwütscht, mues si i nüün vo zäh Fäll zum Metzger.

„Um der Gottswille", erchlüpft d Sabine, „wivil choschtet e Chue?"

„Grad a ds Strübschte wei mer itz nid dänke", lachet der Franz, „schlimmschtefalls übernuhm se d Versicherig. Reg di nume nid uuf, der Florian het nüt Böses im Sinn gha. Eigetlech isch der Fritz sälber tschuld, er het ihm's ja vorgmacht. D Mueter het ihm uf all Fäll d Lüüs gäbig achegmacht; öb itz nöierdings chlyni Buebe müessi gschyder sy als alti Gstabine."

Der Sabine isch di Gschicht furchtbar zwider, aber der Franz wott nüt vo Entschuldigunge ghöre.

„Mir hei ja gwüsst, dass der Fred drü Chind het, er het öppe gnue vo ne verzellt. We mer settigs nid möchte verlyde hätte mer ihm di Wonig gar nie gä. Es wird nid ds einzige sy, wo si aareise, so Giele bringen enand uf gueti Idee. Der Brüetsch un ig sy ou em Tüüfel us der Hutte gumpet!"

Wo nimmt er itz plötzlech dä Brüetsch här, wivil Lybuguete git's ächt no, wo d Sabine nüt vo ne weis?

Na de Viere, wo der Matthias ufchunnt, geit d Sabine mit em Florian i ds Weidli. Er mues ere zeige, won er der Haag gflickt het. Er weis es no genau u füert se vo Stud zu Stud, vo Stamm zu Stamm. Nagel het er ke einzige la gheie. „I ha nüt zütteret, Mueti, i ha Sorg gha, wi der Fritz."

*

Scho chly gstört, zwänzg Quadratmeter yzuunete Rase vor eme Huus, wo mitts ire Matte steit. Aber d Frou

Chummer meint, si söll froh sy um nes Eggeli, wo Hüener u Hund nid so ohni wyteres dürelaueri. Es chönn's o gä, dass öppen es Guschti abgöng, u die machi albe wüescht. Der Moudi isch afe düregspaziert u het em Fritz sys Wärk mit ere Spur vo runde Pfötli verschöneret. D Sabine git sech e Wältsmüei, nid o no Trable z mache rundum. Si chräblet i de Rabatte em Zuun nah. Der Matti schlaft, der Florian u d Rahel sy mit em Franz ga Höi määje.

Es isch alls vil ringer gange, als si sech het vorgstellt gha. D Frou Chummer het ere nid wölle zwäghälfe, wo si isch ga frage, was ächt da Gjätt syg u was nid. Das syg itz grad e gueti Glägeheit für dä besprochnig erscht Schritt, si söll zur Sibyl. Si söll nume luege, die heig ere no vil druff, da fräss si grad e Bäse.

Begeischteret isch d Sabine nid gsi vo däm Vorschlag. Aber si mues eifach e Wäg finde, dass si mitenand z Gang chöme. A ds Zügle ma si nid scho wider dänke, si isch ja gäng no am Uspacke und Yrichte. Si het töif ygschnuufet und isch übere. D Büüri het im Pflanzblätz gschaffet.

„Excusez, Frou Lybuguet, i störe nech nid gärn, aber i weis nid, was i mit dene Bluemebandeli söll. Chönntet dir mer vilicht chly cho zeige, i bi halt en absoluti Fläsche. We der nid Zyt heit, chan i es anders Mal cho."

D Frou Lybuguet het der Rächen abgleit. „Das müesset der ömel gwüss nid ungärn ha, me mues nid alls chönne. Chömit."

D Sabine het gseit, si müess de bi Adam und Eva aafa, si heig würklech ke Schimmer vo Gartenarbeit. Da het d Frou Lybuguet feiechly e Vortrag gha.

„Nötig het's öppis, öji Vorgänger hei dä Früelig gar nüt

35

meh gmacht. Ds meischte sy mehrjährigi Stude, aasetze
müesst der nume vordüre. Das Schnaaggichrut isch Hüe-
nerdarm, harmlos, aber läschtig, das mues use. Di blöile-
che Stüdeli sy Söidischtle, die müesst der müglechscht
chlyn näh, si mache längi Würze, bolzgredi abe. Mit de
Söiblueme isch es ds glyche, gseht der, da errünne ganz
Hüüffe. Es wääit se halt zueche, aber we me chly druffen
isch, ma me se sauft ebha. Das chlyne Züüg da isch alls
Gjätt. Färn isch ordeli Nachtschatte cho. Für dä isch itz
no z gly, aber dir müesst chly es Oug druff ha. Er macht
chlyni, glänzigi Beeri, die chönnten es Chind gluschte,
aber si sy giftig. Di blaue Büschle sy Vergissmeinnicht,
di gälbe Pfingschtnägeli. Öppe i vierzäche Tag wärde si
verblüeit ha, de müesst der sen usmache. Chömit de cho
Stinkigi Hoffert u Suufbrüederli reiche, i weis nid, wohäre
dermit, si sy mer hüür chrisdick errunne.‹‹

D Sabine trout sech nid z frage, was Stinkigi Hoffert u
Suufbrüederli syge. D Sibyl isch nid diräkt ufründtlech
gsi, aber ume Hals gfallen isch si re o nid grad. Jänu, we
me dänkt, was di Frou alls söll erläbt ha …

Eismal i der Beckerei isch es grauhaarigs Froueli vor d
Sabine häregstande, het se gmuschteret u ändtlech gseit:
‹‹So, syt dir itz di Nöji vom Lerchehag. U de, wi geit's
mit der Spinnerfamilie?‹‹

D Sabine isch überfahre gsi, het gstagglet: ‹‹E, me macht
ds Müglechschte‹‹, und het gluegt, dass si usechunnt. Si
het uf em ganze Heiwäg müesse verbysse. Das het se itz
scho der Gipfel düecht. Si het ja e Rasselbande, das
stimmt, aber Spinnerfamilie isch also chly dick! Zersch
het es se möge, aber nahdina isch e Töibi ire ufgstige, si
hätt das Soufroueli chönne schüttle.

Deheim het si's der Frou Chummer verzellt. Die isch sofort im Bild gsi. „Das isch d Spychiger Anne, dere müesst der nech nid achte. Me seit ere nume der Papagei, wül si alls wytertschäderet, was si ghört. Dänke tuet die nid, nume lafere."

„Aber das isch gemein vo re, die het üs doch nid Spinnerfamilien uszteile!"

„Also nei, Frou Graf, itz müesst der langsam abfahre mit däm Verfolgigswahn. Ds Anni het nid öich gmeint, das isch Lybuguets aagange." U drufabe het d Sabine di Gschicht verno, es het se ganz tschuderet.

„Der Sibyl ihre Maa het sech i der Schüür hinden erschosse. Franz u Peter sy um di zwänzgi gsi, ds Vreni grad zur Schuel uus. Es mues fürchterlech gsi sy für d Sibyl. Di zwöi hei zimli jung ghürate und ungloublech guet zämepasst. Bis am Schluss het me ds Gfüel gha, wyt u breit gäb's kes glücklechers Paar. Aber d Sybil isch d Süüle gsi, wo sech alli dranne gha hei. D Schwigermueter het ta wi nes wilds Tier, het sech schier hindersinnet. E Zytlang hei si se müessen aabinde. Si het sech zwar du ergä, isch aber nach zwöine Jahr o gstorbe. D Sybil het se müesse goume wi nes Chind, zletscht isch si ganz verhürschet gsi. Der Fritz het aagfange, z töif i ds Glas z luege, u syni Tobsuchtsaafäll hei gmehret. Bim Franz u bim Vreni het men ou gmerkt, dass es sen unerchannt nachenimmt. Der Franz het lang nume no gredt, wenn er het müesse, u ds Vreni isch i ds Wältsche u dert blibe. Speter het es e Franzos ghüraten u isch mit ihm uf Kanada. Es chunnt fasch nie hei. Am wenigschte het sech's der Peter la aamerke. Aber füf Jahr nach Vatters Tod het er ds glyche gmacht. Si hei ne ersch nach zwone

Wuchen im Wald usse gfunde, aber gwüsst hei si's vo Aafang aa. Sy Ordonnanzpischtole het gfählt. Me het allgemein gförchtet, das gäb der Sibyl itz no der Räschte, aber die isch nid i d Chnöi. Numen isch si sider verschlossen u abwysend, wi wenn si e Panzer anne hätt. Komischerwys het das nöien Unglück der Franz irgendwie ufgrüttlet u zur Bsinnig bracht. Er isch zwar schwygsam blibe, aber lüteschüüch isch er nümm, u bure tuet er guet. Es isch ihm du no ne Liebschaft z nüte gange, wär cheiben es flotts Meitschi gsi, i weis nid, was si zäme hei gha, geit mi ou nüt aa. Er het sech du fescht em Fritz aagschlosse, hütt sy si wi Vatter u Suhn oder wi Brüeder. Es sy gäbegi Kärline, da git's nüt, aber es Näggi hei si beid ab, da mues mer niemer cho. Der Fritz ladet all paar Wuchen e Cheib, dass d Schwarte chrache, u der Franz geit scho jahrelang jede Früelig e Wuchen uf Paris, der Tüüfel weis, was er dert trybt. Für di böse Müüler isch das natürlech no hütt es gfundnigs Frässe.

Chunnt no derzue, dass es im Lerchehag nie der Bruuch isch gsi, mit Privataaglägeheite z Märit z gah, u da näbenusse chöi d Rätschwyber d Gwundernase weniger guet fuetere als mitts im Dorf. Das Müülerverrysse wäge Lybuguets het e längi Tradition, scho der Sibyl ihre Schwigervatter isch uf ne mysteriösi Art dännecho. Er syg ines Mässer gheit, het's gheisse, aber es isch nie uscho, was genau gangen isch. U das Hächle louft gäng no wyter.

Lybuguets kümmere sech nid um das Glafer u hei mit niemerem neecher Umgang, drum wärde si als Ussesyter aagluegt, u settige wetzt me der Schnabel mit Vorliebi. Aber das ewige Gchnätsch het di drü anenandgschmidet, si hei zäme wi Päch u Schwäfel."

D Sabine cha sech nid vorstelle, wi me so ne Tragödie
übersteit, es hei halt nid alli glychvil Chraft. Aber wäg
em andere het d Frou Chummer scho rächt. Si mues sech
das abgwane, zersch afe mal alls uf sich z bezie. Scho
das mit der Milch hätt ere nämlech chönnen e Lehr sy.
Ganz am Aafang het si d Frou Lybuguet einisch gfragt,
öb si bi ihne Milch überchömm.
„Nei, die müesst der i der Chäsi ga reiche." Päng, da
hesch eis uf d Nase. D Sabine isch ygschnappet.
Der Franz het's gmerkt. Diräktverchouf ab Hof syg ver-
botte, het er erklärt, da gäb's strängi Vorschrifte. Das
bruuchti es Gsuech, u das müesst dür sibe Instanze, me
heig da scho Gschichten erläbt, me sött's i d Zytig tue.
Es syg scho eifacher, we si d Milch i der Chäsi nähm.
D Sabine het das nid begriffe. Si versteit nüt vo Land-
wirtschaftspolitik, aber vo ihren uus gseh ergit es nid vil
Sinn, we der Fritz d Milch i d Chäserei bringt, u si treit se
vo dert wider hei.

*

So, ihres Gärtli gseht tiptop uus. Si gspürt der Rügge
zwar no gäng, u d Bei spanne vo zoberscht bis zun-
derscht, aber so gar niemer isch me de doch nid.
Guet, dass si fertig isch, überobe git's Lärme. Der Chlyn
verzablet fasch u het nid Zyt, für Schue aazlege. Der
Florian nuuschet desume, es pressiert ihm nid. Er isch
chly en Einzelgänger u chnorzet gärn öppis für sich. Er
isch der Weichhärzigscht. Er het d Mueter scho män-
gisch gmacht z stuune mit synen Überlegige. Si kennt
nen afe, wenn er dä läär Blick het, beschäftiget nen

öppis. Si mues nume warte, de chunnt er de scho. Schliesslech seit er: „Mueti, i ha öppis dänkt wäg em Vati.“

D Sabine het de Chind em Fred sy Tod probiert z erkläre, so guet si het chönne. Si begryffi das einewäg nid, het si gmeint. Bir Rahel het si sech tüüscht, das het si ghört hinder em Wageschopf. Aber o der Florian het sech di Sach zwäggleit: „Du hesch gseit, der Vati syg im Himel, aber mir hei ne doch ines Grab abeta. Gäll, Mueti, nid der ganz Vati isch im Himel, nume ds Dänke.“

Itz ghört me der Traktor cho umen Egge z brummle, und en Ougeblick später chychet d Rahel d Stägen uuf. Si isch ganz ufgregt: „Mueti, ig u der Franz … e … der Franz un ig hei Zvieri gnoh uf em Fäld, mir zwöi ganz eleini. D Sibyl het für mi o ne Fläsche ypackt, äxtra für mi, Mueti. Uuu, die het de pfupft u gsprützt, wo se der Franz ufta het, mir hei schön müesse lache!“

„Was isch de i der Fläsche gsi?“

„Millowitsch.“

D Sabine chunnt däm Rätsel nid uf d Spur, der Franz mues wider einisch häre.

„D Rahel behouptet, si heig Millowitsch zum Zvieri gha.“

„Uf was chunnt si ächt no, Brot u Wurscht het's gä.“

„Si seit, es syg e Fläsche, wo pfupft u sprützt, u nächär müess me lache.“ Bis dahäre het sech d Sabine probiert zämeznäh, aber wo si gseht, wi's der Franz schüttlet, dass er sech am Gartehag mues ha, platzt o si use. Er cha lang nid rede, fangt es paarmal aa u brösmet ändtlech füre:

„Limonade, Holderlimonade!“

*

40

Hütt mues itz dä Chleiderchouf über d Büni. Mit em Juni isch längwyligs Wätter cho, es rägnet u isch chalt, u jeden Aabe stöh d Chind vor Dräck. D Sabine het se zersch wölle dinnebhalte, aber das isch nid guet usecho. Si hei d Blockgwanheite scho radikal abgleit i däm Monet, wo si itz da sy, hei Freiheit u Wyti gschmöckt. We si lenger müessen i der Stube blybe, nörgele si u stürme, bis d Mueter d Waffe streckt. Si findet di Kämpf nid ergibig, si bruuche zvil Närve. Da wäscht si lieber.

Mit drüne Chind ine grosse Lade ga ychoufe, isch fasch e Muetprob für d Sabine. Si fragt sech mängisch, wi anderi Müetere das mache, we si gseht, wi di Chinderli Hand in Hand em Mueti nacheträppele. Ihri flippe regelrächt uus, rase desume, lache, verstecke sech hinder de Gstell u pfudere i d Lüt yne. Si schämt sech de albe, aber si cha nüt mache. Jedesmal vorhär redt si ne i ds Gwüsse, si nicke verständig u verspräche ds Blaue vom Himel, u chuum sy si dinne, macht's hui, u scho gcit's los.

Am liebschte hei si Chleidergschäft. Da schlüüffe si zwüsche Hose u Mäntle yne, hei sech muggsstill u gniesse, wi ds Mueti umenandfielet u se suecht. U plötzlech chöme si derhär, wi di Wilden us em Urwald, mit em entsprächende Radou.

Imene chlynere Lade hätt si se besser im Griff, aber i tüüre Boutique verma si ihri Chind nid yzchleide, für seie chöme nume Warehüser u Grossverteiler i Frag. Eismal het si mit Müei u Not zwöi afe zämetribe gha, nume der Florian isch no abgängig gsi. Da het si e Frou ghöre säge: „Lueg einisch das schöne Buebli, wi nes Ängeli!" Der Florian isch gmeint gsi, wo strahlend e

Pelzhuet probiert het. Also guet, het d Sabine dänkt, er isch zwar en ohnmächtige Soubueb, aber wenigschtens e hübsche.

Also: Es isch ere mörderlech zwider, aber es geit nid anders. Si packt di ganzi Gsellschaft i ds Outo u stellt ne einisch meh d Höll vor Ouge, we si blöd tüeji. Nenei, si tüe doch nid blöd, sicher nid.

Es isch wi gäng. Ds Kassefröilein dänkt sech sy Sach, wo di Garde mit ere unghüüre Lärmentfaltig der Mueter wott plousibel mache, di nöie Herrlechkeite müessi uf der Stell aagleit sy. Aber es verchlemmt sech e Bemerkig, vilicht wäg em stolze Betrag, wo d Sabine mues härelege.

Das Gäld röit se, es isch nid zum Säge. Si mues nid diräkt Rappe spalte, u we de di ganzi Räntenaaglägeheit usghandlet isch u i Gang chunnt, geit's de scho. Aber bis denn mues si vo der ysige Resärve läbe, u das isch ere niene rächt. Si bruucht e gwüssi Sicherheit, süsch chunnt si i ds Schlottere. Gäld zum Fänschter useschiesse het si nie glehrt.

Der Vatter isch Bähndler gsi, u bi däm Lohn hei nid grossi Sprüng ynemöge. Aber e bescheideni Rücklag, für we's nötig wär, het müesse sy, derfür isch d Mueter ga Büro putze. U dervo gnoh het me nume, we's gar nid anders gangen isch. Me het sech nach der Dechi gstreckt. D Sabine isch ersch cho, wo d Eltere scho lang nümm mit eme Chind grächnet hei. Der Vatter isch scho füfzgi gsi u d Mueter über vierzgi. Si hei se sträng erzoge, aber ihre isch es wohl gsi. Si het nüt vermisst, usert äbe: e Schwöschter oder e Brueder. Itz sy scho beidi Eltere gstorbe, der Vatter are Lungenetzündig, d Mueter gly druf ame Härzschlag. Ihri Grosschind hei si nümm erläbt, aber em Alter na isch ja d Sabine fasch ender es Grosschind gsi.

Em Fred syni Eltere sy ganz jung bimene Outounfall um ds Läbe cho, er het sech nid a se erinneret, isch bi Unggle u Tante ufgwachse. Die sy o scho elter gsi, wo der chlyn Fredi isch zue ne cho. Si hei ihres ganze Härz a dä Pflcgsuhn ghänkt, hei ne i Gymer gschickt und e Bank- lehr la mache. Der Fred het mängisch verzellt, win er e schöni Chindheit u Jugendzyt gha heig by ne, nume schad, dass si am Schluss so soublöd heige ta.

Si hei e gueti Partie im Oug gha für ne, ds Töchterli vomene befründeten Arzt, u wo ihre Liebling mit der Sabine isch derhärcho, sy si gar nid yverstande gsy. Das Arbeitermeitli isch ne zweni gsi, ihres Guldstück z koscht- bar für ne gwöhnlechi Sekretärin. Das hei sin ihm all Tag drümal uf ds Brot gstriche. Bis es ne verchlepft het un er zum erschte Mal richtig uf di Hindere gstanden isch. Es het e heillose Krach abgesetzt, u der Fred isch zur Sabine züglet.

Es het se unheimlech möge, dass me se so nidrig y- gstueft het, ihres Sälbschtvertroue isch sowiso nid grad überentwicklet, aber si het's düregsetzt, dass er d Pfleg- eltere zum Hochzyt yglade het. Si sy nid cho, o später nie, u nid emal a d Beärdigung. Itz het d Sabine Herr u Frou Frick samt der schöne Villa im Chilchefäld us ih- rem Läbe gstriche.

*

Nach em Chleidermarathon gö si no ufe Fridhof. Es isch der Sabine kes Bedürfnis, si geit nume, wül es sech ghört.

Was söll si vor däm Grab. Dass ihre Fred, wo gäng so voll Läbesfröid isch gsi, da töif under dene Blueme ire schwarze Chischte söll lige, das geit ere nid yne. Si isch hie wyter von ihm ewägg als im Stöckli. Si het ere Gärtnerei der Uftrag gä, zu däm Grab z luege, der glyche, wo scho den Eltere ihri Greber bsorget. Truurig steit si vor däm früsch aagsetzte Gärtli wi we si uf öppis würd warte. O d Chind sy still, kes seit es Wort, u nach eme Wyli loufe si willig mit ere zum Parkplatz zrugg.

Wo si heichöme, ghört me scho d Mälchmaschine.

Itz hingäge müesse di nöie Chleider aagleit sy un em Fritz und em Franz vorgfüert wärde. Bevor die der Sänf gä hei, isch di Sach nid ir Ornig. Gälbs Rägezüüg het ne d Sabine gchouft, wo me am Brunne cha absprütze, roti Stifel u jedem zwöi grasgrüeni Kombi. Si mues o mit, anders geit's nid, si mues o lose, was de Fitz u de Fanz derzue säge. Also mache si es Umzügli gäge Stall füre, di gälbe Kapuzezwärgli voruus, d Sabine mit em Schirm hindenache. Der Franz isch am Mälche, der Fritz git Gras yne. Si begryffe sofort, was vo nen erwartet wird. Der Franz het i sym Läbe no nie so schöni Überchleider gseh, itz chönni si de ersch z grächtem hälfe bure, we si so zünftig aagleit syge.

Si lüpfe d Chutte wi are Modeschou u spienzle stolz ihri Kombi. Potz Disenundeine, meint der Fritz, da müess er de bim Cheib ufpasse, dass er bim Fuetere nid im Verschuus so ne grüene Graswurm ufgabli u der Vrone i Chrüpfe ghei. D Chind sy selig, u d Sibyl mues di nöji Herrlechkeit o no rüeme. Das düecht itz d Sabine nid unbedingt nötig, aber si näh ihre Protescht nid zur Kenntnis, wandere im Gänsemarsch um ds Huus ume u chlopfe erwartigsvoll a d Chuchitüre. D Frou Lybuguet schlat d Händ über em Chopf zäme. Das syge di schönschte Kombi zwüsche Basel u Gänf, u si hätt e Meinig win es Burehuus, we si so eis chönnt aalege. Nach däm Sägespruch cha men ändtlech ga Znacht choche.

*

Mängisch chönnt me meine, der Tüüfel syg im Spil. Am Morge gseht's uus nach em schönschte Wätter. Es git e hitzigi Diskussion, öb Rägemäntel oder nid Rägemäntel, aber d Sabine blybt hert. Grad gäng müesse di Strupfe ihri Chöpf nid dürezwänge. Stifel u Kombi dörfe si aalege, es isch ja no nass dusse u het Glungge, aber Rägemäntel leit me nid aa, we d Sunne schynt. Si setze gäng früsch wider aa, aber wo's nüt abtreit, mache si Grinde wi Tubehüser u gö. D Sabine isch chly stolz uf dä Erfolg, momol, we's druf aachunnt, ma si scho gfahre mit ne. Si mues bal lache ab ihrer Hochstimmig.

Füf Minute speter, wo si d Terasse wüscht, chunnt di ganzi Mannschaft wider z marschiere, d Rahel voraa. Si steit vor d Mueter häre, gruppiert d Buebe um sech ume u dütet vorwurfsvoll gäge Wald hindere. Säge tuet si nüt.

Was söll di Vorstelig? D Sabine weis nid, was si söll luege.

„Gsehsch di Wulche, Mueti? Es chunnt cho rägne.“

„Was ächt no alls, es settigs Hudelwülchli bringt ke Räge!“

„Das isch kes Hudelwülchli, das isch e grossi, dicki, schwäri Rägewulche mit grosse Rägetröpf im Buuch,

45

u wenn e chalte Luft chunnt, lat si se gheie un es rägnet."

„Wohär wosch du das wüsse?"

„Der Franz het mer das gseit, denn bim Höimääje, dä weis das. U we mer nass wärde, de balgisch, wül di schöne, nöie Kombi muesch wäsche."

Itz längt's der Sabine. Das isch es raffinierts Ding, di Rahel! Aber die mues nid meine!

„Blaset mer i d Schue mit öine doofe Rägemäntel!" brüelet si sen aa. „Es isch schön u chunnt nid cho rägne, fertig. Fahret ab!" Beleidiget verzie si sech. D Rahel mofflet no öppis.

D Sabine hocket uf d Stäge. Ihres guete Gfüel vo vori isch futsch, si chönnt hüüle. Am liebschte tät si dervoloufe, so wyt als müglech. Mängisch wünscht si di Goofen i ds Pfäfferland.

E gueti Mueter bhaltet d Übersicht u d Rue, e gueti Mueter verjagt's nid wäge jeder Chlynigkeit. Da isch es wider, ds schlächte Gwüsse, si gspürt's diräkt d Bei ufgraagge u sech um ds Härz ume lyre. Vor Eländ chöme re d Träne. Si probiert se z verbysse, halb us Scham, halb us Wuet, aber es rünnt eifach.

„Frou Graf, machit der nech wider einisch sälber kabutt? Syt doch vernünftig. Löt se doch di Rägemänteli aalege, das tuet gwüss niemerem weh. Si zie se de scho ab, we si vergitzle vor Hitz."

D Röse. Die mues ihri Nase i alls ynestrecke! D Sabine schwygt, chehrt sech halb ab.

D Frou Chummer lat sech nid so ring la abwimmle. „Chömit, dasmal machen ig itz es Gaffee. I mues nech öppis säge."

D Sabine wett lieber eleini sy, was geit das di Gwundernasen aa, we's ihre ushänkt. Aber vore Chopf stosse wott si se o nid grad, also geit si re halt nache.

D Frou Chummer heisst se i d Chuchi cho. D Sabine stuunet, wi gschickt si hantiert. Für das, wo si über Hüft-hööchi mues mache, steit si uf nes Schämeli, für Wasser usezla, für d Pfanne ufe Herd z stelle.

„Dir wüsst nech z hälfe."

„Werum meinit der? Aha, wäge däm. Das han i halt müesse lehre, was han i anders wölle. Am Aafang bin i überhoupt nid z Schlag cho, aber mit der Zyt richtet me sech's y. Grad myr Läbtig han i ja nid chönne frömdi Hilf in Aaspruch näh. Me isch baas, we me uf niemeren aagwisen isch.

Im Stöckli isch es mer unerchannt gnue gange, das mues i säge. Mir sy drum früecher im Stöckli gwohnt. Aber me het eifach gluegt, dass es uf ne Wäg ume geit, i ha halt d Chind müesse yspanne, mängisch meh, als ne lieb isch gsi. Mir hei mängs Jahr meh schlächt als rächt mitenand gchnorzet, aber irgendwie isch es gäng gange.

I ha's begriffe, dass sech eis um ds andere so gly wi müglech sälbständig gmacht het, mer sy enand grebelig uf d Närve cho, meischtens für nüt u wider nüt. Aber nächär isch me gäng gschyder. Für mi eleini isch di Wonig z wytlöifig u z uchummlig gsi, numen isch es mer verflüemeret zwider gsi für furt. I bi vo chlyn uuf im Lerchehag gsi, my Vatter isch bi den alte Lybuguet Mäl-cher gsi, u d Mueter het by ne taglöhneret. Sibyl u Hans-ueli hei mer du das Spycherli la zwägmache, un i ha chönne säge, wi's mer am ringschte gieng. Das vergisse ne nie. Aber i ha nech nid für das übereglöökt."

D Sabine macht e Chopf. Si ma ke Predig lose, si isch us der Schuel. Aber d Frou Chummer wott nüt merke.

„Dir chöit öich nid vorstelle, win i bi zwäg gsi nach em Spital, ohni Maa, ohni Gäld, nume no e halbe Mönsch. Vorhär isch mer nüt zvil gsi, i ha über all Bärge möge u wärche vo eir Tagheiteri zur andere. U itz han i bal nid emal meh sälber chönne d Ohre wäsche. I ma gar nid dra dänke, wivil Chraft u Närve dass i für nüt u wider nüt düregla ha, wül i ha gmeint, es müess wider gah wi früecher. Zwänzg, dryssg Mal es Tags bin i am Bärg gsi u ha müesse d Waffe strecke, ha's nid gloubt u gäng früsch ume wölle erzwänge. Scho am Morge früech han i mi müessen ergelschtere. I ha längi, dicki Haar gha u se zur Fröid vo mym Maa uf verschideni Arte ufgesteckt, züpflet, trädelet, ygrollet, je nach Luun. Es het em Ärnscht eifach gfalle, wenn i mer echly Müei gä ha, u myner Frisure sy di lengerschi kumplizierter worde. I bi afen e richtige Hoffertsgüggel gsi mit mym Haarfimmel. U plötzlech isch das uus gsi.

Im Spital isch es am Aafang no gange; i ha's gar nid rächt gmerkt. Si hei mer züpflet un es Huppi ufgesteckt, u won i du sälber ha aafa probiere, isch gäng öpper ume gsi, wo mer ghulfe het. Aber deheim isch es du uscho. I ha eifach nümm chönne strähle.

I ha ne herte Grind, we's druf aachunnt, u dä het lang gmeint, es löi si dürestiere, i müess nume wölle. U jede Morge hätt i chönne usemöögge vor em Spiegel, wenn i das Chrääjenäscht gseh ha.

Wytnachen es Jahr han i mi däwäg plaget, zersch wäg em Maa. Han ihm's doch nid wölle zleid tue, di Haar abzhoue. U won er isch gstorbe gsi, han i gmeint, d Lüt sägi de, i heig nume uf sy Tod gwartet, i Chleechue. I chönnt mi hütt no chläpfe.

Einisch het du ds Bethli afe gseit, anderi Müetere syge nid so wüescht win ig, anderi Müetere heige nie e settige Höiel. I hätt alls chönne verschla vor Wuet u Eländ, so het das mi denn möge. Wenn eim di eigeti Tochter d Strübi fürhet, u me mues sech säge, si het rächt, das isch nid luschtig. Aber i ha's bruucht. Nach em Znacht bin i zum Stägefritz u ha mi la schäre."

Stägefritz?"

„Dä läbt scho lang nümme. Er isch i d Schmitte ga wärche u het nach em Fürabe no chly coiffeurlet imene Budeli näbe der Chuchi. Meischter isch er keine gsi, het's allwäg nie richtig glehrt gha. Er het di Chöpf ömel mängisch wüescht vergnägget, drum het men ihm äbe Stägefritz gseit. Gheisse het er Glauser, u z tüe het er no vil gha. Me het bis i alli Nacht zuen ihm chönne, u das isch cheibe gäbig gsi. Myni Haar sy ja chly gchruslet, a dene het er nid vil chönne verderbe. Item. I bi mi nie gröjig gsi, u vo denn aa het's langsam aafa chehre mit mer. I ha mi glehrt dry schicke, dass es Sache git, won i eifach nümm cha. Fertig. I bi mi vor Mueter gwanet gsi, gäng alls uf ds Tüpfli z ha, si isch gar en Exakti gsi. U itz han i gmerkt, dass d Fänschter nid usegheie, we me se nid jedi Wuche poliert, dass der Chuchibode nid kabuttgeit, we me ne nume denn ufnimmt, we's nötig isch."

„U dass d Underhose nid verheie, we me se nume streckt, statt glettet", seit d Sabine.

„Ja. Präzis." So han i nadisna glehrt zruggstecke. Ring isch es nid gange, das mues i säge, my Stieregrind isch mer mängisch i d Queri cho. U dass i uf Hilf bi aagwise gsi, het mi am hertischte gha. I ha vorhär doch nie Hilf bruucht. Drum han i o d Chind ygspannet. Die hei das zwar gar nid alls chönne bewältige, das gsehn i hütt. Es isch dernah usecho, di lengerschi strüber isch es gange. I ha dänkt, si müessi nid meine, ohni Vatter chönni si tue, wi si wölli, u bi nume vil z fasch drygfahre. Das hei si nid o no möge verlyde, zähni, zwölfi u vierzähni sy si gsi, wo der Ärnscht gstorben isch. Es isch en ändlose Chrieg gsi, mir hein is ds Mässer zuechegla bis uf ds Bluet. Hindedry het's mi mängisch gmüeit, aber bis i ändtlech gmerkt ha, was i lätz mache, isch d Sach ver-chachlet gsi. We si sech nid bi Lybuguets hätte chönne zuezie, wüsst i nid, wi das wär usecho. Dert hei si di Hebi gfunde, wo ne deheim gfällt het. Aber über ver-schütteti Milch gränne, isch für nüt. Es het wenigschtens us allne öppis Rächts gä. Überloufe tüe si mi nid grad, aber i wott nid chlage. Wenn i öpper gha hätt, wo mi gschüttlet u zwäggstellt hätt, de hätt i minder gnue müesse tue. Aber Lybuguets sy nid die, wo sech i frömdi Händel ymische, u vilicht hätt i gar nid uf se glost. Henu, itz isch es, win es isch. Mit de Grosschind geit es ömel guet. Die chöme gärn, aber i ha natürlech ou gäng Mohrechöpf im Schublädli. Vo nüt chunnt nüt. Me mues öppis investie-re, wenn öppis söll useluege."

Typisch Röse. Öb d Sabine das o einisch lehrt, es Pro-blem so sachlech usenandznäh u z luege, wo's chlemmt? Si gloubt, si chömm nie so wyt.

„Das ligt itz halt a öich", meint d Frou Chummer. „Dir müesst nume nid unbedingt meh wölle mache, als nech müglech isch. Und us ander Lüte Fähler z lehre isch ou nid verbotte, me mues nid jede Blödsinn um ds Ver-

worgge sälber usprobiere. Dernäbe tät's mer leid, we
nech glängwylet hätt mit myr Gschicht. Aber dir chöit's
ja vergässe u dänke, i syg en alti Stürme."
Sicher dänkt si das nid, aber was si itz eigetlech genau
söll lehre, si heig ja scho churzi Haar, fragt d Sabine u
lächlet echly.
„Tuusig Donner, syt dir es härzigs Cheibli, we der nid
eso Bysenäbel achelöt. Aber dir heit öji fürige Haar vi-
licht amen Ort, wo me se nid gseht."
„Meinet der uf de Zähn?"
„Das itz weniger. Die uf de Zähn chömen eim mängisch
no kumod, die chönntet der guet bruuche. Aber vilicht
heit der e Schübel uf der Seel, wo me sött stumpe."
„Git's für ne seelische Chutz o ne Stägefritz?"
„Für jede Strubel git's der richtig Strigel, me mues ne
halt finde.
Apropos Stägefritz. Itz leischten i mer e richtige Coif-
feur, itz verman i's besser als denn."
Das isch der Sabine scho ufgfalle, d Frou Chummer isch
gäng tiptop gschnitte.
„Wohlöppe. I wett mer nümm la fürha, i heig es Ghürsch
uf em Chürbs."

*

Bim Zmittag sy d Rägemäntle vergässe gsi. D Chind
schnädere, wi wenn's nie Krach gä hätt, eis weis meh
weder ds andere, si sy ganz erfüllt vo ihrne Erläbnis. D
Sabine het fasch ds Gfüel, wi we si sech sött entschuldi-
ge. Es isch doch herrlech, wi di drü ufläbe da usse, me
gseht ne d Zfrideheit vo wytem aa. U si macht es settigs

Theater wäg ere Chlynigkeit, verdirbt ne d Fröid a de nöie Chleider u verzwyflet a sech. Für was? Für d Chatz. Es isch ja nid um Rägemäntle gange und o nid um grossi oder chlyni Wulche. Um das chlynleche, schäbige Ding mit Name Sabine Graf, wo sech sälber het wölle bestätige. U wo das abverheit isch, het si das Räschteli Grosszügigkeit nid ufbrunge, für gelasse z blybe u drüber ewägg z luege.

„Der Tedu isch hütt ga löitsche. Mängisch fotzlet dä eifach furt, u niemer weis, wohäre. D Sibyl weis es o nid, aber er chunnt albe wider hei." D Rahel leit es Wurschthütli näbenume.

Löitsche, fotzle … Was die für Usdrück ufschnappe dert äne. Aber es isch schön. D Sabine het scho lang gmerkt, dass ihri Sprach vil längwyliger, vil ermer isch als die vo Lybuguets u vo der Röse. Macht würklech nüt, we d Chind chly profitiere.

„I weisse das. Tedu Vati i Himel." Seeleruehig gnagt der Matthias a sym Wienerli wyter.

„Das heisst i weis das, nid i weisse das", verbesseret d Sabine outomatisch. Lueg itz dä Pfüderi. Was für Gedanke het ächt dä i sym Chopf umeträölet, bis er zu däm Schluss cho isch?

D Rahel isch im Bild. „Matti, du chunnsch nid druus. Der Tedu het keni Flügel, dä cha nid flüge. Er geit nid i Himel."

„I weisse das. Tedu Himel geit. Mueti zeit."

Ds Mueti studiert der Chopf ab, es ma sech a nüt settigs erinnere. U der Matthias setzt no der Schlusspunkt: „Vati Flöid, Tedu zeht."

∗

So, di Vergissmeinnicht u Pfingschtnägeli sy verblüeit. Das z beurteile trout sech d Sabine no grad zue. Si reicht der Chessel u ds Hackeli u ruumt uuf. Das yzuunete Stückli Land isch wi ne Magnet für di drü.

Me chönnt doch meine, si hätti Platz gnue, aber we si nid gäng druff isch, sy si drinn. D Rahel u der Florian spaziere zwar nume zwüsche Rase u Rabatte ringsum, si hei scho es richtigs Wägli trappet. Aber der Matthias het si ei Tag no grad verwütscht im letschte Momänt. Är het mit Rächeli u Schüfeli wölle jätte. Der Fritz het ere es Schlössli gä, aber di Idee het nid ghoue. Der Zuun isch nid höch gnue, si gageren eifach drüber. Der Franz meint, es syg äbe grad der Hag. We kene wär, luegti si das Gärtli nid mit em Hinderen aa. Es isch der Sabine pynlech wäg em Fritz. Dä het sech so ne Müei gä mit däm Räseli. Was miech das für ne Falle, wenn alls vertüüflet wär, bevor me chly Gras gseht. Un er het usdrücklech gseit, si söll se nid drufla, bevor er einisch gmääit heig.

Nei, halt. D Sabine het en Aawandlig vo Sälbschterkenntnis!

Es geit weniger ume Fritz als um si sälber. Si wott nid als die dastah, wo nid ma gfahre mit drü chlyne Chind. Also di Röse, wi die eim macht z dänke.

Ds Raseplätzli isch itz scho zimli grüen. Zersch het d Sabine gmeint, da chömm nie Gras. Di erschte vierzäh Tag isch nüt passiert. Das chönn wuchelang gah, het si sech la säge, da gäb's nüt als warte. Berisle wär schaad für ds Wasser. Nachdäm's es paar Tag usgibig het grägnet gha, isch einisch ame Morge e fyne, grüene Huuch über däm Gärtli gläge, zart u durchsichtig. Jede Tag het me's chly dütlecher gseh, und itz isch das Gresli scho paar Santimeter höch u feiechly dick.

Nei, es isch doch nid nume wägen ihre. Si wott eifach nid, dass si reschpäktlos i däm grüene Fläckli umetschalpe. Zum erschte Mal i ihrem Läbe gseht si öppis eso hutnaach wachse u wärde. Es eigets Gfüel.

Der Fred hätt Chabis gsetzt u Salat. Ach Gott, Fred, werum bisch du gange? Si isch so verlore, so eleini, si cha nid emal das, wo hie jedi cha.

E Garte bsorge. Si cha nume zueluege, wi Gras drüber wachst.

Es paar Träne tropfe uf Stude, wo si kei Ahnig het, was es einisch drus git.

Si isch fertig. Suber gseht's uus, aber läär. Drum geit si itz zur Sibyl ga Suufbrüederli u Stinkigi Hoffert reiche. Si mues sech gäng no e Ruck gä, we si däne öppis z tüe het. Irgendwie schüücht si die Frou gäng no. We si nume nid so furchtbar tüechtig wär! U so beängschtigend flyssig!

Si macht gäng öppis, d Sabine het se no nie mit lääre Händ gseh.

Hütt gruppet si im Garte u grüblet öppis imene Bettli.

D Rahel steit näbedrann und isch bi ihrem Thema.

„Weisch, Sibyl, der Matti meint, der Tedu syg zum Vati i Himel, denn, won er isch ga fotzle. Aber gäll, dert ufe cha dä nid, der Himel het ja gar ke Stäge."

„Dä Badihund im Himel, da han i itz z gloube gnue."

D Sibyl lachet. Werum lachet si nume bi de Chind, werum nie bi der Sabine?

„Aber wüsse cha me das halt nie genau, was so eme Hund i Sinn chunnt", fahrt d Frou Lybuguet wyter. „Gseh han i's nid, u was me nid sälber gseht, cha me nid sicher wüsse."

„Aber der Tedu isch doch vil z schwär. Er cha ja nid emal über ne Stäcke gumpe, wenn ihm eine häreha. Nid emal so höch wi der Florian man er."

„Vilicht wachsen ihm zwüschyne Flügel, we grad niemer luegt."

„U de flügt er i Himel, zum Vati?"

„Wär weis …", macht d Frou Lybuguet gheimnisvoll u luegt uuf. E Momänt isch es ganz still.

„Syt dir scho lang da?" chunnt's ändtlech. Es isch ere pynlech. Der Sabine fahrt das wi ne Blitz düre Chopf. Di unnahbari, beherrschti Frou het's ungärn, dass si isch verwütscht worde.

Es darf niemer wüsse, dass si o anders cha.

„Nenei", seit d Sabine gleitig, „i chume grad umen Egge. I ha wölle cho frage, öb i itz di Pflänzli chönnt ha für i d Bandeli."

„Aha. Näht nume, sovil der weit, es het gnue."

D Sabine ghört e Spur Erliechterig i der Stimm. Oder bildet si sech das y?

„Pflänzli isch zwar nümm grad ds richtige Wort, es sy scho fasch Stude. Si hei sech usenandgla nach em Pikiere. Lueget, hie sy si. Dir müesst ordeli Härd derzuenäh, de wachse si nech grad wyter. Heit der es Chischtli?"

Natürlech het d Sabine kes Chischtli, nüt dra dänkt, we me nid emal weis, was me geit ga reiche. Itz gseht si's. Tagetes, wo scho Chnöpfli hei, u Wassergranium i allne Farbe. D Frou Lybuguet zouberet im Handumdrääje es Obschtharassli füre, leit's mit ere Zytig uus u fat aa Setzlige drytische.

„Guet wässere u nid z naach zäme setze, die gö no i d Breiti. D Stinkerli müesst der hindedra tue, es sy halbhöchi. We der chly Flyss heit mit bschütte, heit der nid bös dermit, das Züüg chunnt wi Gjätt. Vor em Setze chly Dünger yhäckerle wär no guet. Wartit, i reiche nech."

D Sabine steit uf der Terasse u fragt sech, öb si rächt ghört het. Was isch itz mit dere, die laferet ja diräkt. Da chunnt si scho wider u bringt es Plasticseckli voll Dünger.

„Dä sött länge, es bruucht nid vil. Chömit der z Schlag, oder söll nech cho hälfe?"

Das wärd si itz wohl sälber fertigbringe, meint d Sabine, süsch chömm si halt de no einisch. Was si schuldig syg? „Nüt." D Frou Lybuguet chehrt ere der Rügge u geit wider uf ihres Gartebettli los. D Sabine stagglet no öppis u danket vilmal, aber es chunnt ke Antwort.

Du bisch e soublöde, soudumme Socke, futeret si mit sech bim Übereloufe. Zum erschte Mal het sech die Frou echly ufta und isch der etgägecho, u du fragsch, was es choschtet, du … du … Chleechue. Stürm doch nid, du söllsch nid stürme, het der Fritz gseit. Hie isch en anderi Wält, wi dick mues me der das uf ds Brot stryche, bis es begryfsch?

Verbisse grabt d Sabine Stüdeli um Stüdeli y. Wenigschtens das het si zwägbracht, immerhin. Es gseht würklech schön uus, das farbige Chränzli um ds Räseli.

„Isch es gange?"

D Sabine lat fasch ds Chischtli gheie. D Frou Lybuguet steit am Gartezuun u beguetachtet das Wärk.

„I weis nid, öb es richtig isch eso, i ha's gmacht, win i ha chönne." Bsunders fründtlech tönt es nid, d Sabine merkt's sälber.

„Es mues nid alls nach em Büechli gah, me cha ne Sach uf mängerlei Art aapacke", seit d Frou Lybuguet u nimmt d Hand hinder em Rügge füre. „I hätt nech hie es Höitli Salat, we der ne begährit. Er wott mer obsi, mer mögen ihm schier nid vor, u für d Hüener röit er mi."

D Sabine steit da mit däm riisige Salatchopf i de Händ u weis nid, was si söll säge.

„Er choschtet nüt", macht d Frou Lybuguet u lächlet fyn. Nächär geit si.

Für hütt isch no nid fertig mit Ufregige. Wo d Sabine de Chind zum Znacht rüeft, fählt der Matthias. D Rahel wott nüt von ihm wüsse, si isch mit em Tedu uf em Fridhof gsi. Der Florian het ne verwütscht, won er d Chüngle het wöllen usela. Er heig mit ihm balget u ne furtgjagt.

„Gäll Mueti, das isch öppis ganz Dumms, d Chüngle ghöre i Stall, süsch reicht se der Fuchs, der Fritz het's gseit."

Der Matti heig d Zungen usegstreckt, „gäll Mueti, das macht me nid", aber won er hären isch, weis der Florian nid.

D Sabine geit i Stall übere. Dä chönn nid wyt sy, seit der Franz, der Ougeblick heig er no grad ds Chalbli putzt.

Der Strigel findet d Sabine bim Brunne, aber vom Bueb ke Spur. Im Tenn isch er o nid. Uf d Büni ufe dörfe si nid, der Franz het ne's sträng verbotte, aber „Es isch keim nüt z troue", seit der Fritz. D Sabine stygt ds Leiterli uuf, ungärn, d Chnöi schlottere, höcher als öppen uf nes Chuchistüeli geit si süsch nid. Imene Egge e höche Stock vo Höiballe, dernäbe isch d Büni läär. D Sibyl chunnt grad cho Milch reiche mit em Chesseli. Ihre isch er o nid begägnet. Wo chönnt dä Bueb sy? Ds Bschütt-loch isch zue, u dervogloffe isch er bis itz no nie. Der Fritz wott grad i d Chäserei, er luegi de, öb er gäge ds Dorf zue syg. D Sabine reicht d Chind, si müesse cho zeige, wo si spile u versteckerle. Alls wird erläse, ds Wärchzüügchämmerli, d Schnäfelbude, der Wageschopf, Hoschtett, Hüenerhüsli, Söistall – niene e Bueb.

Der Sabine macht's langsam angscht, amenen Ort mues er doch sy. Den andere isch's o nümme wohl, we scho der Franz beruehiget: „Verunglücke chan er niene, dä isch nid wyt, vori isch er grad no da gsi."

D Sibyl chunnt cho mälde, im Burehuus syg er nid, si heig alls erläse, sogar Fritzes Stube. D Chind ghört me bal vo hie, bal vo dert holeie: „Matti, wo bi-isch, Matti chumm füre!"

D Frou Chummer chunnt o cho chüderle u cho mattele, der Franz geit no einisch uf d Büni, aber es nützt alls nüt, der Matthias isch spurlos verschwunde.

Der Füürweier! Dä isch usse am Garte, es Überblybsel vo früecher. Nötig wär er nümm, am Strässli steit e Hy-drant. Er isch zwar yzuunet mit eme höche Scheielihag, u d Sabine cha sech eigetlech nid vorstelle, dass der Chlyn dert het chönne ufestägere … Es wird ere fasch schlächt bi däm Gedanke, si macht paar Schritt gäge Garte hindere.

Aber d Frou Lybuguet wehrt ab. „Bim Weier isch er nid, dert bin i zersch ga luege, ds Gras isch nüt ver-schleipft."

Der Fritz chunnt vor Chäsi hei, ohni Bueb, im Dorf syg er nüt gseh worde. Alli stöh ratlos umenand, wo chönnt me no sueche? Der Sabine isch es himeleländ, si hocket ufe Bränntebank u fat aa hüüle. Da gspürt si e Hand über Chopf u Hals fahre.

„Pläär nid, er chunnt scho wider füre, Chind sy gly wyt." Der Franz. Er wott se tröschte, aber sy Stimm isch nid so fescht wi süsch.

Plötzlech gspürt d Sabine öppis gramüsele am Bei. Si luegt undere Bank, ds Härz steit ere fasch still. Da gruppet dä Süchel, zämegchrugelet, lachet der Buggel voll und gniesst der Ufruer. D Sabine isch ganz schwach vor Erliechterig, si ziet ne füre. Der Matthias strahlet über ds ganze Gsicht.

„Matti vastecket, Mueti gseh nid."

Da packt der Franz dä Pfüderi am Äcke u schüttlet ne. „Mach das nid no einisch, Bürschteli, süsch wüll der de zeige, wo Gott hocket! Ds Mueti mache z gränne, schäm di."

Es isch totestill. D Chind luege der Franz mit ufgsperrten Ougen aa, der Matthias het ds Muul offe. Der Buur stellt ne usanft zwäg, git der Sabine e Blick – chehrt sech um u geit i Stall.

D Chind säge nid vil bim Znacht. Em Franz sy Usbruch isch ne i d Chnoche gfahre. Der Matthias isch bleich u still.

Ohni z reklamieren lö si sech dusche, putze d Zähn u lege d Pyjama aa. D Sabine verzellt ne no e Gschicht u singt mit ne, für se chly ufzchlepfe, aber si gö duuch i ds Bett. Nachdänklech schüttlet der Matthias der Chopf.

„Matti vastecke nid. Mueti gänne Fanz toube."

Hinech git's früech Fürabe. Wo d Sabine zue ne geit für guetnacht z säge – lige si brav under der Dechi u mache ke Muggs.

Der Matthias het süsch es Lieblingsgebättli:
Jedes Tierli het sys Ässe,
jedes Blüemli trinkt vo dir,
hesch o üs no nie vergässe,
liebe Gott, mir danke dir.
Aber hütt winkt er ab, wo d Sabine mit däm aafat.
„Säg ds andele."
„Weles andere?"
„Das vom Tedu."
D Sabine weis kes Gebätt vom Tedu.
„Du wüsse, du zeit."
„Wi geit de das vom Tedu?"
„Unse Vatel, Tedu Himmel ..."

*

„Ui Mueti, i ha fescht Durscht, i mues öppis trinke. Itz
han i gschaffet!" Der Florian steit under der Tür, ganz
verschwitzt u verstrublet, der Chopf isch füürrot, Händ
und Arme hei e graue Überzug. Hose u Lybli sy verchaa-
ret. D Sabine süüfzget echly. Scho wider e Wöschma-
schine! De Chind isch es je dräckiger, je wöhler. We d
Sabine uf di zwe Monet zruggluegt, gseht si sech nume
no Wösch ufhänke, Wösch abnäh, Wösch verruume ...
Ds Glette het si scho lang uf ds Allerinötigschte y-
gschränkt, aber me mues halt glych jedes Stück es paar-
mal i d Finger näh, bis es wider suber uf der Byge ligt. Jä
itz, derfür sy si gsund. Es het no nie eis numen e Tag lang
gmuderet, sit si züglet hei.
„Guet fuere u vernünftig abherte, das isch di beschti
Vorböigig gägen allergattig Bobooli", het d Frou Chum-

mer eismal gseit, wo d Sabine byschtet het über eme Züber voll Socken und Underhose. „Und abherte cha me se halt nid im Glasschäftli." He ja, anderi hei anderi Sorge.

„Was hesch du so flyssig gschaffet, Florian?"

„I ha em Fritz müesse hälfe betoniere, es grosses Loch hei mer gflickt im Fuetertenn."

„I däm Fall müesse mer sofort öppis Dünns reiche, nid dass dä flyssig Bueb no verdurschtet."

„Gäll, de müesst ja der Fritz wider eleini betoniere. Er isch froh, dass i ghulfe ha, er het's gseit."

D Sabine geit mit ihm i d Chuchi. Wo isch die Rivellafläsche härecho? Es het no drin gha, u si isch sicher, dass si se nach em Zmittag het uf ds Tropfbrätt gstellt. Oder het si se doch i Chüelschrank ta? Di Fläsche isch weder im Chüelschrank no amen anderen Ort. Der Florian schwört Stei u Bei, er heig se niene gseh. Aber es machi nüt, er heig Sirup o gärn. Er stürzt e Bächer voll abe u isch scho wider furt. Wo chönnt i die Fläsche häregstellt ha? studiert d Sabine.

Si isch doch süsch nid so geischtesabwäsend, dass si d Sache versorget, wo si se nümme findet. Si luegt i jedes Eggeli, tuet jedes Schafttööri uuf, aber di Fläsche isch u blybt verschwunde. Vilicht isch si äbe doch läär gsi, u si het se i Chäller ta, i d Harasse. Si isch doch afen e Sturm. Also grad verruckt wichtig isch di Fläsche ja nid, d Sabine isch wider einisch druff u drann, sech für nüt ufzrege. Di Röse cha scho rede, die isch abgeklärt, dere macht nüt meh Sorge, die het alls hinder sech. D Sabine stuunet ihri Wöschbygeli aa. We si das numen o chönnt, so lokker über alls wäggah, ds Unwichtige dännewüsche, Sorg ha zu de Närve. Früecher isch si nid e settige Wäschlumpe gsi, aber itz isch si gäng so müed, so abgschlage, am liebschte gieng si am Morge gar nümm zum Bett uus. Wüsse, was wichtig isch, was sech lohnt u was nid … Ds Dänke, ds Überlege, ds Entscheide bruucht so vil Chraft, u si het fasch keni meh, si isch düre, si isch matsch, si isch däm allem eifach nid gwachse. Aber si mues sech zämenäh, es git nüt anders, si het drü Chind. Mit eme Süüfzger leit si d Wösch i Züber zrugg, geit mit überufe u verteilt se i Schäft u Gumode.

Nach em Znacht steit der Fritz vor der Tür. Si trinki no nes Glas Wy under em Chegeleboum, öb si o no chly wöll überecho, d Röse syg o däne.

D Sabine weis nid rächt. Si het chly Hemmige, d Sibyl isch dänk o dert. Aber we me äxtra yglade wird … Wär vilicht gschyder, als paar Stund schlaflos im Bett umeztroole.

Si isch no nie zgrächtem hinder em Burehuus gsi. Wo si umen Egge chunnt, mues si grad e Momänt blybe stah, das het si nid erwartet. Das Plätzli chunnt ere hütt vor wi us eme Roman.

D Mueter het e paar vo dene romantische Schünke gha, vo der Grossmueter nache. D Sabine het o drüber gschmachtet. Si isch no i d Schuel denn, aber us der „Goldelse" cha si geng no ganzi Abschnitte rezitiere. Der Herr von Walde mit sym weiche Bart isch eine vo ihrne Meitliträim gsi. Der Fred het o e Bart gha, aber süsch het er däm unwahrschynlech edelmüetige Romanheld nüt gliche. Das verträimte Eggeli da chönnt si sech guet als stille Winkel vomene Schlosshof vorstelle.

Es suber gschnittes Raseplätzli, paar Steiplatte mit eme

Gartecheminée druff, ringsum höchi Strüücher, wo wyss u rot u roserot blüeie, u drüber di mächtigi Chrone vom Chegeleboum. E grosse runde Tisch mit ere polierte Granitplatte, der Franz u d Frou Chummer i wysse Sässle, d Sibyl drapiert i somene noble Ligistuel mit Redli. Der Tedu ligt läng usgstreckt näb ere, der Chopf uf de Vorderpfote. Fuul tuet er es Oug uuf u blinzlet d Sabine aa. Aha, nume du, de isch es sech nid derwärt ufzstah.

„Chumm nume, hock ab", seit der Fritz, geit ds Stägli ab u rückt ere ne Stuel zwäg. Drü Gsichter drääje sech gäge d Sabine, verzie sech, lache. Si hei Fröid a ihrem Erstuune, si gniesse's richtig.

„Bis Gottwilche i üsem Freiluftsalon!" Der Franz schänkt es Glas Rote y u stosst mit em Fuess der Stuel no chly gäbiger zueche.

„Ja, i … also … danke!" stagglet d Sabine. Di ganzi Lengi vo der Terasse breite sech grossi Büsch mit länge, schmale Bletter uus, si blüeie gälb, orange, bruun, rot. Schlanki Kelche, en Art Lilie. Si chöme der Sabine bis a d Achsle ufe, wo si ds Stägli abestygt.

„Das isch so schön hie, u so romantisch, i bi gar nid uf so öppis gfasst gsi."

„Mir wohne zwar chly näbenusse, aber glych nid hinder em Mond. Gsundheit!" tönt's us em Ligistuel.

Was heisst itz das wider? Söll si äct grad umchehre? Da gseht si vier Gleser, wo re etgägegstreckt wärde. Nei, das gsäch oberblöd uus, we si rächtsumkehrt miech. Si hocket zgrächtem ab, nimmt ihres Glas u stosst aa, zersch mit em Franz u mit em Fritz, nächär mit der Frou Chummer.

„I bi d Rosmarie, oder d Röse, wi mer di zwe Stopfine da

säge. Das Frougrafle u Frouchummerle cha mer's schlächt, bi Nachberslüte bruucht's derigs nid."

„Eh, fröit mi, Sabine." Troumet si eigetlech? Das isch alls so unwürklech.

„Sibyl gieng ou ringer", chunnt's us em Ligistuel. Das hout itz d Sabine ändgültig us de Schue. Das cha nid stimme, si het Halluzinatione. Aber da isch der Frou Lybuguet ihres Glas i der Luft, ihres Gsicht hindedra, wo fragt: He, was isch, wosch nid? Das isch ke Erschynig, di Frou wott würklech mit ere aastosse.

„Meinet der das ärnscht?" fragt d Sabine ungschickt.

„Was ächt anders? Mach itz Gsundheit, i bysse nid. Oder bi der zweni?"

Ums Gottswille, alls andere als das. „Eh also, Gsundheit, i däm Fall Sabine. I bi eifach überfahre, das chunnt alls so unerwartet."

„Unverhofft kommt oft", seit d Sibyl philosophisch u sinkt i ihri Chüssi zrugg. Hei die es schöns Muschter, blaui, violetti u roseroti Anemone, albeneinisch e graui derzwüsche. Alli Stüel sy glych polschteret.

„Das isch e troumhaft schöne Stoff, so öppis han i no nie gseh", macht d Sabine u strychlet über ds runde Chüssi uf em lääre Stuel näben ihre.

„Hoffetlech, ha lang gnue dernah gsuecht."

„Heisst das, dir heiget, eh du heigsch di Chüssi sälber gmacht u ds Polschter vo de Stüel?"

„Was blybt eim anders, we me so nes wunderligs, alts Schirbi isch, dass eim nüt gfallt, wo me fertig cha choufe."

Wunderligs, alts Schirbi! Derby thronet si da wi ne Fürschtin, haltet regelrächt Hof.

„So ne hilben Aabe sött me nid vergüde, es wär schaad drum", meint der Franz. „Mir mache das no öppe, we mer fertig sy, bimene rächte Tröpfli zämehocke u chly dorfe. Di guete Sache sy schliesslech für d Lüt."

D Sabine erwachet langsam. Das unwürkleche Gfüel verschwindet meh u meh, di Sach wird klar u gryfbar. Si sitzt hie mit Lybuguets a eim Tisch, d Sibyl het ere ds Duzis aabotte, u niemer findet öppis derby, nume si sälber.

Es isch wi denn bim Rasesääje, gredt wird nid vil. Einisch fragt d Sabine d Sibyl nach däm wysse Struuch, wo so apartig duftet.

„Summerjasmin, i ha dä gsetzt, won i bi dahäre cho. Die Kinder, im Juni geboren, lieben den Duft des weissen Jasmin …"

„Wär seit das?"

„Weiss nümm. Ha's einisch gläse u bhalte, wül's für mi passt."

„Heit dir, hesch du im Juni Geburtstag?"

„Am vierezwänzgischte. Johannistag. Denn gumpe si im Norden obe über d Füür u fyre d Mittsummernacht. I ha lieber Summer, der Winter chönnt mer gstole wärde."

„Denn fracket si alben ab, a d Wermi, u mir zwee chöi sälber luege, dass mer nid verhungere", stichlet der Fritz guetmüetig. „I für mi cha numen ei Geburtstag bhalte, der Röse ihre."

„So, u wi chumen i zu der unverhoffte Ehr?"

„Dryssgischte Aberelle, Walpurgisnacht. Denn salbe d Häxe ihri Bäsestile u chutte ufe Blocksbärg."

Päng, es Chüssi flügt em Fritz zmitts i ds Gsicht.

Di letschte Strahle vo der Aabesunne tropfe dür d Escht, e schwarze Vogel flatteret im Boum ume u chäderet mit em Moudi, wo über d Terasse spaziert. D Sabine chunnt sech vor wi ire frömde Wält.

„Sy das Lilie?" fragt si d Sibyl, wo sech träg i ihrne Chüssi räklet.

„Taglilie. Jedi Blueme blüeit numen en einzige Tag, aber es chöme gäng wider früschi, fasch e Monet lang. Chly es Gstüüd, aber si gä nüt z tüe. Gjätt ma da kes z düruuf." Nächär isch es wider lang still. De Manne ihre Tubak schmöckt guet, wi Caramel. Tagsüber het se d Sabine no nie gseh rouke.

„Mer chönnte am Sunndig brätle, we's schön isch", seit d Sibyl. „I ha no so vil Fleisch i der Gfrüüri vor letschte Sou, me sött das bruuche. Chunnsch ou, Rösi?"

„Mit mir muesch gäng rächne. I bringe de der Salat."

„U du, Sabine? D Chind hätte sicher Fröid."

D Sabine het nid dänkt, dass si o gmeint isch.

„Bi üs sy gäng alli gmeint. Die, wo mer nid wei, mit dene gö mer nid dahindere."

Cha me das eifach, mit ere settige Trybete mir nüt, dir nüt zum Zmittag cho? Vilicht het si's nume gseit, wül si nid anders het chönne. D Sibyl wartet uf ne Antwort. D Sabine springt i ds chalte Wasser. „Guet, mir chömen. Es isch mer zwar nid ganz rächt mit dene Unghüür, aber dir wüsset ja, wi si sy. I bringe de ds Dessert."

„Abgmacht. Am zwölfi."

So formlos cha me's also mache, d Sabine mues das zersch schlücke. Bis itz hei settigi Yladige umständlechi Verhandlige un es längs Wenn und Aber gä, dass si albe lieber abgseit hätt. Es Mittagäse für acht Pärsone, so us em Handglänk, wi we das nüt wär.

„Weisch du eigetlech, wi das gangen isch mit däm Stöckli?" fragt der Franz nach eme Chehrli. Und ob si das weis! Si het's mindischtens es Dotze Mal ghört, aber si lat sech einisch meh nüt aamerkc. We d Manne vom Dienscht wei verzelle, sy si nid z brämse, das het si scho deheime glehrt. D Mueter het albe so ne komischi Lydensmiene ufgsetzt, we der Vatter zum beschte gä het, win er's däm u däm gseit heig, aber si het ne la rede. Manne bruuchi das, het si der Tochter erklärt, di meischte heige süsch nie Glägeheit, der Held z sy. Si söll's nume mit ihrem einisch glych mache, de göng's am schmärzlosischte verby. D Frou halti sech da gschyder druus, das syg nid ihri Wält.

Der Franz macht no d Pfyffe früsch y, u de chunnt er füre mit der Gschicht, wo d Sabine jedi Einzelheit dervo uswändig kennt. Wi der Fred fat er bim Gloubebärg aa, wi si mitenand düre Räge tschalpet syge, d Vollpackig uf em Buggel, bi däm Schüürli verby, u wi der Franz gseit heig, dert am Schärme mit ere Thermosfläsche voll heissem Gaffee und ere gfüllte Schnapswäntele wär's itz ou uszhalte. U der Fred druf, so nes Hüsli uf em Land syg scho gäng sy Troum gsi, es müesst ja nid grad uf somene gottverlassne Horeb obe sy. Der Franz heig jahrelang nie meh a das Gspräch zruggdänkt. Letschte Herbscht syge si du zuefelig i der Stadt anenand aagloffe, syge zäme eis ga zie, u plötzlech syg ihm Freds Bemerkig wider i Sinn cho. D Huslüt im Stöckli heigi gchündet ufe Früelig, wenn er no gäng uf ds Land wöll ga wohne, chönn er di Wohnig ha. Ihm wär's rächt, wenn er grad chönnt säge, si heigi öpper. We das bekannt wärdi vo däm läare Hüsli, gäbi das es Gstürm un es Glöif, er mög nid dra dänke.

D Sabine lost nume halb zue, ihri Gedanke wandere eigeti Wäge. Der Fred het scho vorhär öppe vo däm Lybuguet verzellt gha, wi das e Superkolleg syg, uf dä chönn me Hüser boue. Schad, dass si nume zwe WK mitenand gmacht heigi, der Franz syg halt vor ihm fertig worde.

Si gseht ne no zur Tür ycho nach däm Zämeträffe, fasch in Trance isch er gsi, denn di lengschti Zyt het er nume der Chopf gschüttlet u gäng wider gseit: „I gloube's eifach nid, das cha nid wahr sy, i cha das eifach nid gloube!" U plötzlech het er se ufglüpft, paarmal rundumgschwänkt, dass si fasch schwindlig worden isch, u het gjutzet: „Schatz, i ha nes Stöckli, mir zügle zum Lybuguet, gäll, du hesch o Fröid …"

Uf ds Mal haltet d Sabine di frömdi Stimm nümm uus, wo schilderet, wi si bimene Bier alls abgmacht heige, mit Freds Wort. Si lat der Chopf uf d Arme gheie u brüelet ihres ganze Eländ use. Si wett nid, aber si cha nid anders, es tuet so weh, so weh. Si merkt di plötzlechi Stilli, aber si cha nüt mache, si cha sech nümm beherrsche.

„Het itz das müesse sy?" ghört si d Röse giftle. „So ne grosse Gstabi sött eigetlech über di eigeti Nase usegseh. " U der Fritz seit langsam u dütlech: „Fränzu, du bisch es Chalb."

Itz göh si ufe Franz los, u dä cha doch nüt derfür. Si möcht abwehre, aber bringt kes Wort use.

Em Franz sy Stimm, dünn u chyschtrig: „Sabine, i ha nid …" U drufabe d Sibyl: „La se sy, mach's nid no schlimmer."

Stüel rugge, Schritte im Grien und über d Terasse – si

68

göh, si schäme sech für se, ach Gott, isch si eleini! Göht nume, loufet nume alli dervo, das hysterische Ding geit öich nüt aa, dir syt Frömdi, Frömdi, Frömdi.

Es het so schön aagfange, es isch so zfride gsi, u itz isch alls verchachlet. Si cha eifach nümm, es isch zvil für se, si cha nümm, si isch am Änd.

D Sabine het ke Ahnig, wi lang si vor sech häre brüelet, en Ewigkeit. Schliesslech lat der Chrampf langsam naa. Ändtlech luegt si uuf. Rundum isch es fyschter, uf em Tisch brönnt e Cherze imene glesige Windliecht, e Pfyffe glüeit. Es sy nid alli gange. D Sabine tuet d Ouge zue, ligt hindere u gspürt di ruuchi Rinde vom Chegelestamm. E Boum sy, Würze ha, töif im feschte Grund verankeret sy, de chönnt eim ke Sturm überschiesse, kes Wätter z Bode mache. Me warteti eifach u lies sech erhudle, un es miech eim alls nüt. Si reckt mit beidne Arme zrugg, het sech am Boumstamm, suecht Halt.

„Si hei sech ufgregt wäge mir", brüelt's us der Sabine use. „I wüsst nid, wiso." Der Franz ziet ar Pfyffe, en Ougeblick isch sys Gsicht häll, itz verschwümmt's wider im Dunkle.

„Si hei sech für mi gschämt, drum sy si alli gange."

„Was ächt no. Si hei nid wölle um di umehocke u gynöffle, das isch alls. Mir wüsse, wi's isch, bi üs isch ou nid gäng Sunndig gsi." Wider e töife Zug, es Glüetli sprützt uuf u verlöscht ab em Dervoschwäbe. Es isch ruehig, der Tedu schnarchlet zwöimal, rangget echly u schlaft wyter. D Sabine ma nüt meh dänke. Still luegt si zue, wi em Franz sys Gsicht regelmässig us der Fyschteri uftoucht u wider verschwindet.

Nach ere Pouse nimmt er en Aalouf. Es git ihm z tüe.

„Es isch nume … wäge vori … i ha das nid wölle."

„Es macht nüt."

„I ha di nid wölle drybringe, weis Gott nid, es isch mer zwider."

„Du muesch di nid entschuldige, es isch nid wäge dir."

„Es isch mer einewäg verflüemeret nid rächt, i chönnt mi zwicke."

„Hör doch uuf, du bisch nid tschuld. We nume nid alls so schwirig wär." U plötzlech redt si. Däm Gsicht im Dunkle cha si's säge, wi schlächt dass si drann syg, jede Tag schlächter, müed, kabutt, wi ne abgschlagne Hund. Si schleipf sech müesam vo eim zum andere, ihri Resärve syge verbruucht. Bis itz heig si probiert, sech wenigschtens vor de Chind chly zämeznäh, die chöi ja würklech nüt derfür, aber es göng nümm. Si mööggi scho, wenn numen eis ds Muul uftüei. Das syg ds Allerischlimmschte, dass si d Chind nümm vertragi. Das gäb ere no der Räschte. Dä Morge heig d Rahel gseit: „Du bisch es böses Mueti. Itz gahn i grad äxtra zum Tedu u zur Sibyl. D Sibyl isch nie so bös mit mir." Das Meitli heig rächt, si wüss es, si gsei's y, aber si chönn nüt mache. Si wüss sech eifach nümm z hälfe, so gsei das uus.

Si schwygt.

Der Franz isch o still, er tubaket. Im Burehuus schlat es Zyt. Ohni's richtig z merke, zellt d Sabine. Elfi.

„So, mer sötte dänk, es isch gly Morge. Chume no mit der übere, mues no i Stall."

„Werum das, um die Zyt, hesch Problem?"

„Es isch so der Bruuch. E rächte Buur luegt no i Stall, gäb er underegeit."

Vor em Stöckli fragt er vorsichtig: „Wi hesch es? Chan i gah, oder söll i no chly warte?"

Nenei, er müess sech nid Sorge mache. Si göig itz i ds Bett, nähm vilicht einisch e Tablette.

„Chönnt nid schade, aber numen eini."

Ja ja, si wüss scho, was si mach. Itz hässelet si scho wider. Er seit Guet Nacht u geit. Si ruumt Velöli u Wägeli zäme. Da chunnt er no einisch zrugg.

„Erzwänge chasch allwäg nüt. Es bruucht alls sy Zyt."

Itz geit er zgrächtem.

Es bruucht alls Zyt. Das het si doch o scho ghört.

Der Franz geit no ga luege, was syni Chüe mache, u si het drei Stund lang kei Gedanke dra verschwändet, öb ihri Chind schlafe.

Si schlafe, eis fridlecher als ds andere. Der Matthias nugglet am Düümeli, der Florian ligt verchehrt im Bett. Er näschtet ir letschte Zyt gäng eso, bevor er yschlaft.

D Dechi isch am Bode. Er brummlet öppis, wo si ne zuedeckt.

D Rahel ligt uf em Rügge, i eim Arm het si es Bäbi, im andere der Bäri. Das Pfiiri het ere ds Mässer mängisch rächt zueche, es macht us sym Härz ke Mördergruebe. Si wett, si chönnt o so us sech use.

Hinecht het si's chönne.

Werum het si ächt em Franz ds Härz usgschüttet, usgrächnet em Franz? Eigetlech kennt si ne ja chuum. Vilicht wül er so still isch gsi u zueglost het.

Eme frömde Maa so pärsönlechs Züüg ga säge, ihre isch nümm z hälfe. Was wird dä dänkt ha. Gnau gnoh isch's ere glych.

Es isch ja nid der Franz gsi, wo se so het gmacht z rede,

chunnt si zum Schluss. Es hätt irgend öpper chönne sy, der Fritz, d Röse, vilicht sogar d Sibyl. Syg's wi's wöll. Si schlückt itz di erschti Schlaftablette sit langem wider u geit i ds Bett.

*

„Himulandtonner, werum wott itz dä Choldericheib nid loufe?" D Buebe stöh ume Fritz ume u strecke d Häls. Intressiert luege si zue, win er mit em Rasemääjer kämpft. Scho öppe zähmal het er a der Schnuer zoge, gäng wi unerchannter, d Sabine verwunderet sech, dass er se no nid abgschrisse het.

„Der vorder Tag isch er ömel no glüffe, was het itz dä Sidian?" Wider e Rupf, wider nüt. Der Fritz chnöilet ab, schrüblet, nimmt es Kabel ab u hänkt's wider aa, lüpft e Dechel, luegt dry u drunder. Alls Brummle treit nüt ab, er bringt di Maschine nid i Gang. Itz reicht er i der Budigg e grosse Wüüsch Putzfäde, gäng d Buebe uf de Färsere. Er schleipft das Möbel uf d Stöckliterasse u fat aa, der Motor usenand z näh. Normalerwys wär scho lang e Wuetusbruch fällig, aber er futteret nume vor sech häre. Vilicht wül er d Sabine i der Neechi weis. D Buebe spitze d Ohre; zum Znacht särviere si de der Mueter di Möcke, wo si ufgschnappet hei. Der Fritz bagglet no ne Viertelstund wyter, brummlet öppis vo Filter verstopft, Soubänne, em Altyseler gä u i d Fädere blase. Er heig no hurti das Riemli zwüsche Hüenerhof u Wageschopf wölle määje, hätt no grad glängt vor em Stall, erklärt er der Sabine, aber er chönn dä Lööuchare nid aala. Er syg de öppe churzum ryf, er heig ne itz scho meh weder zäche

Aber der Fritz explodiert nid, er schüttlet nume ratlos der Chopf. Er wüss nid, was däm Tuusigsdonner fähli, itz heig er würklech alls probiert. Me chönnt bal meine, er heig ke Moscht meh, aber es syg gnue drinn, das heig er zersch gluegt.

„Gnue Moscht", seit der Florian, „i ha tanket."

„Verzell kener Märli", wehrt der Fritz ab, „du chasch ömel der Bänzinkanischter nid ab em Tablar näh, für das bisch z churz abgsaget."

„I ha tanket, i ha guet chönne", behouptet dä.

Der Fritz chlemmt d Ouge zäme u muschteret ne misstrouisch.

„Aha, itz chöme mer däm Rätsel langsam ufe Sprung. Was hesch dry ta?"

Der Bueb wydlet ab i d Wärchstatt u chunnt mit ere Fläsche zrugg. Ds vermisste Rivella! Itz passiert's, itz vertätscht's ne!

Es passiert nid. Der Fritz louft zwar chly rot aa, fixiert der Sünder e Zytlang, dass dä der Äcken yziet, aber nächär lachet er u seit: „Du bisch e wärklige Sibechätzer, my tüüri Seel, dir chunnt ömel öppis z Sinn."

D Rahel mues em Franz ga rüefe, er söll cho hälfe der Määjer lääre. Dä chunnt mit eme alte Chessel, u zäme cheere si di Maschine u lö ds Rivella use. Mit em normale Bänzin springt der Määjer aa, wi wen ihm nie öppis gfählt hätt.

„Di glychi Farb längt halt scho nid", lachet der Franz, „chly meh Pfupf sött de scho drinn sy."

Der Fritz probiert, sech nüt la aazmerke, aber er isch chly verschnupft, d Sabine merkt's.

Es isch ere einisch meh fürchterlech nid rächt, si

entschuldiget sech. Sit dass si da sygi, heigi Lybuguets numen Erger u Töibi u Mehrarbeit, si schäm sech afe richtig für ihri Bruet. Der Franz schüttlet der Chopf u lächlet, der Fritz seit: „Stürm doch nid."

Wo ändtlech Füraben isch u d Sabine obenabechunnt, steit d Sibyl am Gartezuun. „Das Züüg het sech scho feiechly i d Breiti gla, das wachst grad wyter. Ds Gras cha men afen einisch määje, das wär längs gnue. I will em Fritz e Gingg gä."

Aber es isch nid wäg em Gras, si chunnt cho luege, wi's geit.

D Sabine wird beobachtet, vo allne Syte het me sen im Oug. Der Fritz het sech sicher o nume wägen ihre so zämegnoh und uf di obligatorischi Fluecherei verzichtet. Si wird nen underegfüüret ha, das glycht ere.

Dä Franz! Normalerwys mues men ihm jedes Wort abchoufe. Werum het er itz da nid chönne schwyge? Das het si itz dervo.

*

Das isch hütt heiss, Stärneföifi. Der Sabine chläbt alls aa, sogar am Schatte. Si het sech i d Stube gflüchtet, uf der Terasse i der Sunne het si's nümm usghalte. Früecher wär si ga bade amene settige Tag, hätt es Buech mitgnoh u d Chind la flotsche. Aber im Dorf het's kes Bad, u ds Outo fürenäh u der ganz Plunder ylade, das ma si nid. Si het e grosse Züber us der Wöschchuchi uf d Terasse gstellt u paar Channe Wasser drygläärt. Itz chööze si dert, grööle, sprütze u sy goumet.

D Sabine söimelet es Hosebei, luschtige Stoff mit gros-

76

se, farbige Tüpf. D Rahel mues i Chindergarte i zwene Monet, si bruucht no nöji Sache. Hoffetlech isch das nid z uffällig für uf em Land, aber me syg ja hie nid hinder em Mond.

Bim Kömerle het si eigetlech ke Underschid gseh zwüsche de Chind us der Stadt u dene vom Dorf, es isch vilicht nümm so wi früecher.

Der Fred het d Rahel scho im Februar aagmäldet, Lybuguets hei müesse luege im Aazeiger, wenn dass Yschrybig syg. Er het alls planet, vo Grund uuf, nüt em Zuefall überla. Bis du zuefeligerwys der Tod cho isch und allne Plän es Änd gmacht het.

D Sabine schlückt u blinzlet u schnuufet töif. Nid scho wider hüüle! Si ma ja der Chopf bal nümm nachetrage, so schwär isch er afe. Si stichlet u stichlet u nääit ihres Eländ i grossi, rundi Tüpf yne, grüeni, roti, blaui …

Si cha guet nääje u macht's gärn. Oder het's ömel gärn gmacht, vorhär. Nid nume für d Chind, o für sich sälber. Ihri halbi Garderobe isch Couture Sabine. Einisch het si sogar e Mantel gschnyderet, und einisch es Chanelkostüm us grober Wule. Es isch beides e Heidechrampf gsi. Das tät si sech nümm zleid. Si weis itz, dass si's chönnt, we's müesst sy, das längt ere. Mit den eifachere Sache het si keni Problem, mit der Aalegi da ömel o nid. Würklech luschtig; witzigi, halblängi Korsarehösli, es ermelloses Chitteli drüber, mit ere grosse Täsche am Buuch, alls rot ygfasset. Für das hätt si paar Schyne müesse häreblettere i der Kiddy-Boutique. Si het es ganzes Tablar voll Stoff, luter Coupons, wo si bim Choufe no nid gwüsst het, was es druus söll gä. So wi anderi Pralinés oder Mohrechöpf vorrätig hei für seelischi

Notfäll, so hortet d Sabine es Lager vo Stoffräschte. Mängi Wuet u mänge Stinkluun het si eso scho kuriert, dass si hinder ihre Schatz isch u sech es Blusli gnääit het. Das Rezäpt het albe gwürkt, früecher. Itz nützt nid emal meh ds Nääje.

D Mueter hätt unbedingt wölle, dass d Sabine Dameschnydere lehrt, wül si so gschickt isch gsi im Handarbeite. Das syg öppis Solids, bimene Handwärk wüss me gäng, woraa me syg. Si sälber hätt o gärn e richtige Bruef glehrt, aber ihre Vatter isch der Meinig gsi, für nes Meitli bruuch's das nid, das hürati ja doch nume. D Sabine het nid ds Gfüel gha, si müess der Mueter ihri unerfüllte Wünsch verwürkleche, u het sech für ne Bürolehr entschide. Läse, sech wyterbilde, Sprache lehre, das hätt si im Sinn gha. E Bitz wyt het si's o gmacht, isch nach der Lehr es Jahr i ds Wältsche, es Jahr nach Ängland … Wi si denn der Muet ufbrunge het, das weis si hütt no nid, d Eltere sy nid grad z ha gsi. Aber si het sech düregsetzt, si hei re schliesslech mängisch gnue under d Nase gribe, was me glehrt heig, chönn eim niemer näh.

Ach Gott, isch si müed. Ablige, schlafe, nümm ufstah, nümm dänke, nüt meh müesse, das wär schön.

Es isch so still, wo sy si ächt wider? D Sabine steit uuf u geit a ds Fänschter. D Terasse isch läär, vom verchoslete Wasser uf em heisse Steibode styge fyni Dampfwülchli uuf.

Vor der Wärchstatt sy si. D Buebe hei Tütschi usegreicht u höckle druff. D Rahel exerziert mit ne. Si dirigiert mit grosse Bewegige. Das het si vom Fernseh. D Chinderstund dörfe si mängisch bir Röse ga luege. Ei Aabe het eine i der Chinderstund e Buebechor dirigiert, dä het o so usgwääit. D Sabine het ds Meitli nid zum Tisch brunge, bevor's fertig isch gsi. Bim Znacht het d Rahel plötzlech mit eme schwärmerische Blick gseit: „Das isch itz schön gsi. Wenn i gross bi, wirden i e Dirigierfrou."

Was singe si da? D Rahel fuchtlet mit de Händ u winkt ab. „Das isch nüt, dir müesst vil schöner singe, süsch het d Sibyl nid Fröid. No einisch, eis, zwöi, drü, rüss …" U si chrääje los, der Matthias gäng e Schritt hindedry.

„Häppi böörsdei tu juu …"

Wiso d Sibyl? E Verdacht stygt lysli uuf, wird fasch zur Gwüssheit. D Sabine geit zum Kaländer. Am Sunndig isch der vierezwänzigscht Juni, Johannistag. Das isch wider typisch, eifach zum Geburtstag ylade u nüt säge. Werum wüsse's de d Chind? Werum ächt, dene seit si ja alls. Nume guet, het's d Sabine no rächtzytig gmerkt, da wär si wider schön blöd dagstande mit lääre Händ. Si het zwar es Dessert versproche, aber glych. Nachdänklech leit d Sabine Hose u Chitteli zäme. Pflegeliecht, nüt glette, me wird gschyder mit der Zyt.

Was git me so re Sibylla zum Geburtstag, we me sozsäge nüt vore weis? Schoggela? Wi originell, vilicht het si gar nid gärn Süesses. Es Buech? Was für eis? List si überhoupt? Es Foulard isch o so nes Verlägeheitsgschänk. E grandiosi Idee, es Halstuech bi dere Hitz! E Pullover oder es Jäggli? Blödsinn, dänk no wulig u handglismet. Vilicht süsch öppis zum Aalege. D Sibyl het schöni Chleider, gedige, nid billig, aber e Prise Pfäffer möcht's verlyde. Si treit vil Jupe mit Bluse oder Pulli, gradi unifarbigi Röck, blau, bruun, dunkelgrau. E Bluse! E losi Bluse für drüber, wi me se itz vil gseht. Hütt isch Donschtig,

das längt no, amene grade Blusli cha me nid vil verderbe.
D Sabine geit zum Schaft u muschteret ihri Vorrät. Blau
het d Sibyl sicher gärn, si treit ömel vil Blau. Passt guet
zu dene Haar. Scho fasch wyss, meischtens ufegsteckt,
weichi Locke, wo sech gäng us de Chlämmerli löse. Wi
alt isch si ächt überhoupt? Sächzgi ömel scho, der Franz
isch sicher vierzgi. Schöni Arme het si, die darf si gäng
no zeige, also keni Ermel. Das schwungvolle Blueme-
muschter da isch genau ds Richtige. Blüete u Ranke i
verschidene Blautön schlinge sech inenand u löse sech
wider, es pfiffigs Dessin, u glych nid z verruckt. Ds
Vierevierzgi het si gloub scho, oder ender ds Sächse-
vierzgi? Si isch nid dick, eifach guet binenand, aber bi
Froue vo dere Grössi verschetzt me sech gärn echly. Bi
so re Figur cha me liecht paar Kilo Übergwicht verstek-
ke, die falle nid uuf. Der Sabine wär's glych, wenn si
paar fürigi Pfund hätt, si isch afen e leide Granggel. Füf
Kilo het si abgnoh i zwene Monet u isch scho vorhär nüt
z dick gsi. Der Fred het se gäng chly ufzoge, er mach
sech de öppe Spryssen y are, aber es mach nüt, zwo
Sexbombe im Schlafzimmer würd er nid preschtiere.
D Sexbombe! Die chönnt ungfähr d Määs vo der Sibyl
ha, d Sexbombe isch d Lösig.
D Sabine het einisch uf em Flohmärit en alti Schnyder-
büste ufgablet. Der Stoff isch fläckig u brüchig gsi, d
Näht halb offe, aber si het e wunderschön drächslete
Fuess gha und e prächtig gmodlete Hals. Si het nume zäh
Franke gchoschtet, u d Sabine het se mitgnoh, we si se
scho nüt het chönne bruuche. Der Fred het sech fasch
kabuttglachet, won er di üppigi Dame gseh het. Vor dene
Kurve müesste sech ja no d Lollo u d Loren schäme.

D Sabine het di Büste gfägt, ds Holz abglouget u nöi laggiert u nächär di Madam mit dunkelrotem Samet überzoge. Si het se i ds Schlafzimmer gstellt u mit Huetnadle ihri Ohreclips, Halschöttine u süsch no allerhand Firlifanz dragsteckt. Dä Überzug mahni ne ganz a nes Edelbordell, het der Fred glachet, itz syg d Sexbombe fix u fertig. Wohär är wüss, wi nes Edelbordell usgseei, het d Sabine guslet, un är het ärnschthaft gseit, si wüss gar nid, was für ne Kärli är syg u won er syni Überstunde mach. Derzue het's ihm d Fältli i den Ougewinkle zämezoge, er het d Sabine einisch meh ufglüpft, umegschlängget und uf ds Bett gheit … ihre het ds Härz wehta vor Liebi. Verby, alls verby, nume d Sexbombe isch no da. Dä Name isch blibe, was hie u da zu komische Situatione gfüert het. So wi denn, wo d Rahel im Tram usetrumpeetet het, der Vati heig e Sexbombe im Schlafzimmer, eini mit vilne, vilne Halschöttine. Oder denn, wo d Sonja der Sabine dä schön Aahänger vo Griecheland heibracht het, u der Florian wi ne Habicht drufgschossen isch u gjutzet het: „Gäll Mueti, scho wider öppis für d Sexbombe!"

Bi dene Glägeheite wär d Sabine alben am liebschte im Bode versunke, aber der Fred het sech im Gägeteil fasch nümm chönne erhole vor Lache. Das het ihm passt, settigs isch öppis gsi für ne.

Was macht ächt d Sonja? Sit der Beärdigung het si sech nie meh zeigt. Vilicht mäldet si sech de plötzlech u unverhofft, wi gäng, si weis ja, dass ihres Gottemeiteli i Chindergarte chunnt. O alli andere sy stumm blibe. „Säg's numen unschiniert, we den öppis bruuchsch, lüt eifach aa." U nächär fertig, Ende. Me isch gly usgschlosse, abgschribe.

Isch der Lerchehag o so öppis, e Zueflucht für Usgschlosseni? D Röse mit ihrer Behinderig, Lybuguets mit ihrer tragische Gschicht, sy si nid o echly usgstosse, oder ömel zeichnet?

Also nei, alls, was rächt isch, itz wirsch dramatisch. Mach di gschyder hinder das Blusli, rüeft si sech sälber zur Ornig. Si tuet der Schaft zue, breitet der blau blüemelet Stoff uf em Tisch uus, reicht Santimeter, Güfeli u Schäri u fat aa zueschnyde.

*

„Hesch öppe es fürigs Gaffee?"

Was isch mit em Fritz, itz seit dä einisch freiwillig öppis. Natürlech het si es Gaffee, füre Fritz gäng. „Hock afen ab, i bringe's grad. Oder wosch lieber i d Chuchi cho?" Oh nei, ihm isch grad wohl so verusse, si mues nid Umständ ha synetwäge. Das sy doch keni Umständ, ihre chunnt das uf ds Glychen use, nume sy i der Chuchi di bequemere Stüel. Nüt isch, die uf der Terasse syn ihm meh weder nume komod gnue, u de het er ja ou no di grobe Schue anne.

Wo d Sabine mit em Gschiir usechunnt, het er sech scho ygrichtet. Mit em Rügge lähnet er a d Huswand, d Bei streckt er wyt vo sech. Er isch am Pfyffestopfe u luegt zue, wi si d Tassli härestellt, Zucker u Milch zwägmacht, Gaffeepulver abmisst, Wasser yschänkt. Wo d Sabine o Platz nimmt, macht er Füür, u nächär lat er e Zytlang Rouch use. D Sabine wartet, aber nach em füfte „Mm-h" haltet si's nümm uus.

„Hesch öppis, Fritz?"

Er nimmt sech Zyt. Ändtlech seit er: „Aparti nid. Es het mi nume düecht, statt dass jedes von is eleini muutrummlet, chönnte mer enand chly churzi Zyti mache."

Wär het ihm ächt das aagä, der Franz oder d Sibyl? Oder steckt d Röse derhinder? Vilicht isch es ihm o sälber i Sinn cho. D Sabine het ne scho lang im Verdacht, dass er meh dänkt, als er sech lat aamerke. „Bisch eleini?" fragt si nach eme Wyli.

„Mm-h, der Franz het Chäsereiversammlig, u d Sibyl isch mit der Röse anes Konzärt, e Serenade, oder wi me däm seit. Si het vil uf däm, isch scho gäng en Eigeti gsi." Dass d Sibyl nid isch wi jedi anderi, gloubt d Sabine uf ds Wort, aber sicher nid wäge der Serenade. Vil Lüt hei gärn Konzärt, wäge däm gheit niemer us em Rahme.

„I meine's nid eso", chunnt's cho z tröpfele, „aber üserein isch si halt settigs nid gwanet vo Huus uus. Vatter u Mueter sy öppen es ungrads Mal a ds Jodlertheater oder a ds Männerchorkonzärt, süsch sy si weni u nid vil furt." Öppis Neechers über d Familie Lybuguet z vernäh, die Glägeheit cha d Sabine nid la verbygah. „Wi isch de das gange, wo d Sibyl isch zue nech cho?" fragt si. „Isch das fräch, düecht es di, es göng mi nüt aa? De säg's nume!" hänkt si no dra, wo si der Fritz gseht uf d Pfyffe bysse und i ds Lääre luege.

„Nenei", macht er nach eme Zytli u rangget zwäg. „Wo wett di das nüt aagah, du ghörsch doch itz dahäre." Dahäre! Derby schiesst si jede Tag a hundert Eggen aa. Gseht dä das nid? Er schynt on en Eigete z sy.

„We men öppis wott wüsse, mues me frage, süsch vernimmt me's nid oder de öppis Lätzes", meint er. „U wäge disem, es het scho albeneinisch gchräschlet, d

Mueter isch nid di Freinschti gsi. Das nöimödische Züüg syg nid grad ds Nötigschte, het si albe gspängelet. Müeti u Grosmüeti sygi ou nid jeder Luschtbarkeit nachegfahre u glych alt worde. Aber si het nüt aren abbrunge. D Sibyl het sech nid la abhärde un isch glych gange. Ohni Musig begähr si gar nid alt z wärde, und ohni albeneinisch es Konzärt chönn ere di Burerei gstole wärde."

Paff, paff! Genau wi Caramel schmöckt dä Rouch.

„Si cha Klavier spile wi ne Sibechätzer, si het eis mitbrunge synerzyt. Frag se numen einisch, si tuet der scho eine über. Si het zwar sit Wuche nüt meh gspilt."

Was cha d Sibyl eigetlech nid?

Es Klavier isch der chlyne Sabine ihre heissischt Wunsch gsi, aber da het's natürlech nüt druus gä. Lüt wi si chönni sech das nid leischte, u wär de d Stunde söll zale, und überhoupt, het's gheisse. Das „Überhoupt" het sicher der Usschlag gä. Sabines Mueter het genaui Vorstellige gha, was sech schickt u was nid. Also het d Tochter dä Wunsch halt beärdiget. Aber hie und da isch er wider uferstande, u si het vo gnue Gäld troumet, dass si sälber chönnt es Klavier choufe u Stunde näh.

Es Bygeli Platte u Kassette, meh isch nid blibe vo däm Troum.

„Es gfallt mer nid alls, aber chönne tuet si's cheibisch guet, momol." Zur Bekräftigung nickt der Fritz no zwöimal, nächär chunnt eini vo dene unändleche Pouse. D Sabine stellt sech öppis anders vor under „churzi Zyti mache" u fragt schliesslech: „Werum bisch du eigetlech nid ghürate, Fritz?"

Er überleit sech d Antwort. „Die, won i hätt wölle, han i nid chönne ha, und en anderi han i nid begährt."

So so, der Fritz als Romantiker. Er treit allem aa o sys Päckli, o wenn er sech nüt lat aamerke. Cha me das, grüblet si, ere Frou tröi blybe, wo me gar nie het gha? Aaschwärme, vo wytem. Werum het er sen äch nid übercho, was isch der Haagge gsi? Dä Fritz isch sicher e flotte Maa gsi als jung, gseht gäng no nach öppis uus mit der wysse Mähne u däm Profil.

„Isch si gstorbe?" fragt si vorsichtig.

„Wi chunnsch uf das?"

„I ha nume so dänkt ..."

Er grüblet i der Pfyffe, leit se vor sech ufe Tisch, nimmt en anderi us der Chuttetäsche u stopft sen umständlech.

„Werum nimmsch en anderi Pfyffe?"

„Wül disi z heiss isch, werum äch süsch."

Scho wider eis uf d Nase. Si het ke Erfahrig mit Pfyferoucher. Er zündtet aa, macht paar Züg u seit vertröimt: „Es isch gsi, wi we mi der Blitz troffe hätt, wo si zum erschte Mal isch derhärcho. Aber si het numen Ouge füre Hansueli gha."

Vom Hansueli het si doch o scho ghört, das isch doch ... iiii, weis äch dä Fritz, was er itz verrate het? Er meint d Sibyl. Das isch ja verruckt, es Läbe lang am glyche Tisch, ohni Hoffnig, u gäng no Sibyl hinden u vore. En unglücklechi Liebi zu allem andere. Gloub der Gugger, es hänk ihm mängisch uus. D Sabine gseht plötzlech di Tobsuchtsaafäll u Suufstöre imenen andere Liecht. Irgendwie mues es ja use, wenn's ihm zvil wird. U si, was söll si itze? Wi verhaltet me sech i somene Fall? Dänk am gschydschte tue, wi we si nüt gmerkt hätt, ablänke, vo anderem rede.

„Fritz, i bi froh, dass de cho bisch. Mir geit's nid guet, i ha mängisch Angscht, i schnappi itz de übere."

„Mm-h, weiss wohl."

„Stört es di, wenn i der mit myne Sorge chume?"

„Red nume, vilicht liechtet's der."

„I weis afe nümm, was i eigetlech wott. Einisch würd i am liebschte i ds Bett lige, d Dechi über d Ohre zie u nie meh ufstah. I möcht ke Mönsch meh gseh, nid emal meh d Chind. U handchehrum man es mi, dass sech üsi sämtleche Bekannte so vollständig zruggzoge hei. I chönnt mit de Chind z Timbuktu sy oder z Honolulu, es chäm uf ds glychen use. Ke Chnoche het sech gmäldet sit der Beärdigung, nid emal d Göttine u Gotte vo de Chind. I chume mer richtig usgstosse vor."

Der Fritz nickt, er kennt das. Si wärd ja dänk wüsse, wi das es Verhäich gsi syg bi ihne, da syg me sech ou meh weder einisch rüdig vorcho. „Die, wo me gärn gsuch, zeige sech nie, si hei sech nid derfür. Es isch nid Bösmeinigi, si wüsse eifach nid was säge, drum hei si sech lieber still. Es het ere zwar ou gäng, wo chöme cho wauschte u salbadere, weder die wett me de albe lieber nid."

We sech d Sabine di Sach richtig überleit, sy's zwar meh em Fred syni Kollege gsi. Är isch mit allne guet uscho, gäng im Mittelpunkt gsi, alls het sech meh um ihn drääit. D Sabine isch eifach derbygsi u het sech mit den andere i syr Usstrahlig gsunnet.

„Wär wett säge, für was e Sach guet isch", meint der Fritz. „Vilicht het di Sunnen abemüesse, dass du chasch zur Gältig cho, wär weis. Üs bisch rächt, wi de bisch."

D Sabine cha nüt druf säge, es wörgget sen im Hals. So öppis Nätts het si scho lang nümm z ghören übercho.

Dä Fritz isch richtig e Feine, er het sicher ke Ahnig, wi nätt dass er isch.

Si schwyge wider e Rundi, bis der Fritz hüeschtlet u fürebrösmet: „Das vo vori mues de nid grad uf di grossi Trummle."

„Uf was?"

„E, es müesse's nid grad all Lüt wüsse, wäge der Sibyl, i ha das nume zu dir gseit. I meine, du verstöisch settigs." Er het's doch gmerkt, vilicht isch er sech itz gröjig.

„Häb nid Angscht", seit si drum tifig, „vo mir erfahrt's niemer. Aber es fröit mi, dass mer's gseit hesch. We me halt ds Zuetroue het zumene Mönsch, etwütscht eim no gärn es Wort, wo me süsch zu niemerem sieg."

Still luege si über di dunkle Matte. D Sunne isch lengschte undergange, es het Stärne, und hinder em Wald stygt der Mond ufe.

Itz git's Liecht im Stall äne.

„Hesch no Wasser? Franz nuhm sicher ou no eis." Vilicht isch's ihm doch chly pynlech, vilicht wär er froh, wenn er nümm eleini wär mit ere. Wasser chönn si reiche, so lang si Gaffee mögi, seit d Sabine u reicht no es Tassli. Wo si dermit usechunnt, steit der Franz scho da.

„I ha gwüss müesse cho gwundere, was dir zwöi zäme machit, sövel spät."

„He was ächt, däich öppe chly karisiere", lächlet der Fritz hintergründig. D Sabine isch wider einisch am Bärg.

„Was mache mer?" Die Zwee hei wider ihres Grinse i de Mulegge, das ma si trotz der Fyschteri gseh.

„Eh, wi heisst itz das scho nume uf nöimödisch, Fränzu?" fragt der Fritz schynheilig.

„Flöörte. Aber es gang schynt's no glych wi albe."

*

Gling, glingeling, glang … Ds Guschti rybt wider sy Grind am Pfoschte, ufe, abe, ufe, abe. Di erschte Nächt het d Sabine das Glöggele fasch nid usghalte, si het weni u nid vil gschlafe. Afe di herti Matratze, d Bettstatt, wo jedesmal jämmerlech gyret, jedesmal, we si sech bewegt, derzue chlepft's i de Wänd, u der Luft pfyft i der Chemihutte. U we si de trotz dene ungwanete Grüüsch chly ygnickt isch, het das Viech aafa rangge u se mit sym Gschäll halb verruckt gmacht. Di romantische Wunschtröim vo vilne Stadtlüt sy scho zimli dernäbe, uf der Alp isch es nid halb so still u fridlech, wi me chönnt meine. Aber die Nacht het si gschlafe wi ne Stock, sit langem wider einisch. Vilicht isch si itz a das Lüte gwanet, es het se di ganzi Nacht nüt gstört, oder de het sech das Biescht usnahmswys einisch anders beschäftiget. Dass es se itz ändtlech weckt, isch ere grad rächt. Scho fasch achti, die wärde dänke.

Wo si abechunnt, wäscht ds Heidi scho di flache Milchschüssle, u der Ferdinand isch am Chäse. D Haslimatt isch e Rinderalp, aber der Senn het syni eigete vier Chüe dobe u macht jede Tag es Mutschli. Settigi Chäsmöcke, wi men ihre da jede Tag näbe ds Tassli leit, het si i ihrem Läbe no nie übercho. „Iss Chäs u Anke, ds Brot müesse mer choufe", het's gheisse, wo si gseit het, so ne Mordiobitz heig ihre no nie öpper abghoue.

88

Der Milchgaffee steit a der Wermi, richtigen Alpgaffee. Ds Pulver chunnt diräkt i d Pfanne u wird mit der Milch ufgchochet.

Zersch het es d Sabine tschuderet ab der schwarz gspräglete Brüeji, aber ds Gröbschte blybt im Sibli hange. D Nydle glücklecherwys o. Da hätt si sech de gschiniert, we si müesst säge, di Schlämpe chönn si nid schlücke, es lüpf se.

Si chunnt sech ohni das scho vor, wi em Andersen sy Prinzässin uf der Ärbse, wo das herte Chörndli dür zwänzg Matratze düre gspürt het, wül si so heikel isch gsi. Si schiniert sech chly, we si gseht, wi di zwöi gäng dranne sy, u si spilt der Feriegascht. Aber vorlöifig isch ihri Erschöpfig no grösser als ds schlächte Gwüsse. U überhoupt, was söll si hälfe. Ds Heidi u der Ferdinand hei alls im Griff, das geit unuffällig u rybigslos, da wird weder pfuderet no gnärvöselet, si machen eis nach em andere i eir Seelerue. Richtigi Ämmitaler. Beidi chöme us der Gägend vo Heimiswil. Win es se uf di Oberländeralp verschlage het, weis d Sabine nid, jedefalls chöme si scho sit ewige Zyte im Summer da ufe. Es bruucht e bsunderi Sorte Lüt, für das uszhalte. Monatelang eleini uf däm Hoger obe, wundersälte chunnt öpper verby, es het nid emal e Fahrwäg bis zur Hütte, numen es stotzigs Fuesswägli. Am Strässli wyt nide het der Ferdinand imene Schöpfli en alte Jeep. Mit däm geit er jedi Wuche i ds Dorf abe für ds Brot u süsch no ds Nötigschte ga z reiche. Er mues alls zur Hütte ufebuggle, u de no e rächti Strecki.

D Sabine het ömel müesse chyche, wo si mit em Franz dä Stutz uuf isch. Früecher heig der Ferdinand en Esel gha, wo sech heig la baschte, aber dä syg letschte Winter ygange, u itz mach er halt der Esel sälber.

„Het di ds Guschti ufgjagt?" fragt der Ferdinand näbe der Pfyffe düre. Er nimmt dä Safthaagge nie use, nume für uszchlopfe u nöi z stopfe. D Sabine het sech scho gfragt, öb er ne ächt im Bett über oder under der Dechi heig.

„Vilicht het es dänkt, es wöll di fuli Täsche afe einisch us de Fädere lüte, süsch gang die nie uuf", seit d Sabine u schlückt ds Gine.

„Es isch no alli Zyt, der Gaffee isch z Warme ta. Iss u treich."

Ds Heidi reicht der verbület Emailhafe bir Füürgruebe u stellt ne ufe Tisch. Si luege guet zue re, frage nüt, lö se i Rue. Der Franz wird ne no en Ysprützig gä ha, bevor er hei isch.

Der Ferdinand isch genau so ne Heimlifeisse wi di zwe Lybuguet. Säge tuet er weni vo sich uus, aber wenn er öppis uselat, de trifft's i ds Schwarze. Wo sech d Sabine nach der erschte schlaflose Nacht beklagt het, si heig kes Oug zueta wäge däm Gloggelärme, si syg sech nid a dä Radou gwanet, het er der Chopf gschüttlet u glächlet, wi wenn ihm alls klar wär.

„Es sy nid d Glogge, die müesse nume tschuld sy."

Itz seit si, das Guschti heig sech di Nacht schön still gha, si heig nüt ghört u gschlafe bis grad vori.

„Du wirsch müedi gnue gsi sy", macht er u rüert glychmässig im Chessi. „Das Güschteli het sech nid stiller gha als süsch. Abgwane cha me däm das Rangge nid, es isch es Spili für ihns. Vo Zyt zu Zyt mues eifach das Glöggli gschüttlet sy, der Stuud isch scho choleschwarz u ganz abgfiegget. Es chunnt vo weis der Heer wi wyt här, we's ihm nachen isch."

Vilicht störi's der Rieme ume Hals, un es probier ne abzstreife, vermuetet d Sabine.

„Sicher nid, das macht das us Fröid, me mues nume luege, was für ne zfridene Grind dass es macht. Es wird es bsunderbar musikalisches Guschti sy."

Aber eigetlech syg doch di Gloggegschicht öppis Künschtlechs. Wenn d Natur das so vorgseh hätt, chiemte di Tier mit Glöggli uf d Wält. Si wärdi ja nid um ihri Meinig gfragt, müglecherwys wär's ne wöhler ohni.

„Du hesch e chrummi Ahnig", lachet der Ferdinand. „De müesstisch du ou ohni Chleider umeloufe. Du bisch o blutt füregschlüffe. Di Tier täte schön sturm, we me ne ihri Glogge wett näh. Verwiche het eis der Ring verheit amene Zuun, un i han ihm es Treicheli aagleit, wül i kes fürigs Glöggli gha ha. Das mues sy, si gö wyt, u gang find se de i der Fyschteri oder im Näbel, we niene es Töndli ghörsch. Die lö sech zäme hinder eme Stei oder under eme Grotzli u mache nid muggs.

Also, das sälbe Rindli isch tagelang muderig desumegstande, wi we's nid wüsst, won es häreghörti. U di andere syn ihm us Wäg, hei's richtig gmide. Dä faltsch Ton het's zumene frömde Fötzel gmacht. Es isch gwüss no lang gange, bis si sech dra gwanet hei."

„Bi de Lüt isch es mängisch ou numen e faltsche Ton, wo se zum Ussesyter stämpflet", philosophiert ds Heidi bim Schüttstei. Meint es ächt mi? sinniert d Sabine hinder em Tisch. Si wird nid als Ussesytere behandlet, nei, da tät si ne Unrächt, aber es isch halt eifach doch e total frömdi Wält, wo si da drygraten isch. Oder wo me se churzerhand drygstellt het. Si git sech ja würklech alli Müei, aber hie u da verwütscht si allwäg scho nid ganz der richtig Ton. Di zwöi luege enand mängisch so verständnisinnig aa, so ganz mitenand einig. Si cha ja froh sy, dass si nid weis, was i dene Chöpf vorgeit. Wenn eim so ne Wildfrömdi i ds Huus schneit, total uf de Stümpe, es Närvebündel, was sölle die mit so eire aafa, was sölle die vo so eire dänke. Dene ihres Läbe isch im Glychgwicht, die hei keni Zämebrüüch, keni Tobsuchtsaafäll wägen unwichtigem Chabis, keni Schreichrämpf …

„Es isch mer es Rätsel, werum dir das machet", seit si zaghaft.

„Werum mir was mache?"

„Dir heit doch alli Händ voll Arbeit u wärdet no mit eme läbesuntüechtige Huen belaschtet. Es isch mer nid rächt, aber i ha mi gar nid chönne wehre. Plötzlech isch es über mi cho wi ne Lawine, u won i wider chly Luft gspürt ha, bin i da obe gsi."

„Du bisch is kei Belaschtig", chunnt's vom Schüttstei. „Mir hei zwar nid der Zyt, vom Morge bis znacht a der umezchrättele u di z verbypääpele, aber das wär ou nid der Zwäck vo der Üebig. Alls, wo du nötig hesch, isch Rue. U Rue findsch hie so vil de witt. We me bruucht wird, isch es sälbverständlech, dass me hilft, we me cha. U dass me Hilf aanimmt, we me nümm sälber z Schlag chunnt, u sech nid no lang wehrt, das isch ou sälbverständlech.

Mach der keni Sorge wägen üs, du bisch is nüt im Wäg u hesch sauft Platz."

Platz hei si nid grad übertribe vil, zur Hüttetüren y chunnt me grad i d Chuchi, oder wi me dere Rouchhöli wott

säge. Rächts der Wand na e breite Bank für d Milchgeb-
se u d Chäsforme, drüber hange are Stange dünni Chäs-
tüecher. Zhinderscht e steinige Trog mit Salzwasser für
di früsche Chäsli. A der Rückwand e lotterigi Türe mit
emen altertümleche Rigel und ere hölzige Falle, änedra
isch der Stall. Linggs vo der Türe es museumsryfs Holz-
chochherdli, dernäbe d Füürgruebe mit em chupferige
Chessi drüber. Es hanget amene schwänkbare Balke, wo
je nach Hitz vom Füür verschobe wird.

Der Ferdinand macht sech jede Morge nach em Chäse
fasch e Hand ab mit Putze u Poliere, bis dä Chübel glänzt
wi rots Guld. Vis-à-vis under em nidere Fänschter ds
Prunkstück vo der Yrichtig. Sit zwöine Jahr steit er dert,
dä alt Steiguetschüttstei. Der Ferdinand het ne uf ere
Boustell gfunde u da ufbaschtet. Zueleitig und Abfluss
het er sälber gmacht. Der glänzig Chromstahlhane über
däm verblätzete Trögli tuet eim fasch weh i den Ouge, so
nöi isch er, wahrschynlech isch er ds Modernschte i der
Wonig. Ds Heidi seit, es gäb das Ygricht nümm für alls
Gäld vo der Wält, es wüss gar nid, win es das albe gmacht
heig, won es no jedes Tröpfli vom Brunne heig müesse
ychefergge. Dernäbe het es no zwöi verrouchneti Schäftli
u paar Tablar mit em allernötigschte Gschiir. Fertig.

Vo der Chuchi uus chunnt me linggs i ds Wohnstübli.
Näbe der Tür es alts Kanunneöfeli, under de Fänschter e
Tisch mit eifache Bänk, zwo Stabälle. A der Stallwand
zwöi Bett überenand, paar Chleiderhäägge, gstosse voll,
im Eggen e Chüelschrank mit eme grosse Gfrüürfach, o
vomenen Abbruch.

Der Strom het d Alpgnosseschaft vor paarne Jahr la zue-
chezie, aber ersch, wo ne der Ferdinand gseit het, si

müessi für nen andere Senn luege, we da nid ändtlech öppis gang. Das heig ne du Bei gmacht, die findi kei andere Lööl, wo ne i nes settigs Ghudel ychegang.

Ussen a der Huswand füert es ustrappets Stägli under ds Dach. Dert het d Sabine ihres Juhee. Es Chrümeli mit zwöi alte, schwarze Bett drinne, es ängs Gängli derzwüsche. Ei Stuel, zwe hätte nid Platz, under em Fänschterli es Gumödli. Hie cha si itz lehre, wi weni dass me nötig het zum Läbe. Vo Bad oder Dusche ke Red, wäsche cha me sech i der Chuchi oder bim Brunne. Für d Sabine steit e grossi Wäschschüssle mit eme Chrueg uf em Gumödli. Ds Hüsli isch under der Stäge, e Ladeverschlag mit eme usegsaagete Härz i der Türe, dinne e dicke Lade mit eme Loch.

Si het gmeint, das gäb's nume no i unrealistische Kitschromane: Lob der Einfachheit, zurück zur Natur. I ihrne wahnwitzigschte Tröim hätt si sech nie chönne vorstelle, dass si als Stadtpflanze a somene Ort chönnt lande. U freiwillig wär si ja o nid gange, aber si het nüt meh derzue gha z säge, me het meh oder weniger über se verfüegt, u itz isch si halt da. Das het me nid gärn, we so mit eim umgsprunge wird, u glych isch si froh, dass ändtlech öpper ghandlet het. Si isch zwar z usserscht usse gsi, aber si het gäng glasklar gseh, dass si's nümm darf la tschädere. Nume het ere eifach d Chraft gfählt, für öppis z undernäh.

We der Franz nid no wär cho yneluege, won er i Stall isch, hätt si vilicht di Tablette gschlückt. Ohni's richtig z wölle, nume für däm Eländ es Änd z mache.

Er het sen am Chuchitisch gfunde, wi nes Gspänscht heig si drygluegt. E Schüttelfroscht heig se ghudlet, alls syg gflogen are, d Zähn heige gschnadelet, säge heig si nüt meh chönne. Er syg chuum zum Loch uus gsi, syg scho d Sibyl dagstande, die mues gfloge sy. Vo denn aa het d Sabine e Lücke. Si heigi se i ds Bett ta mit ere Bettfläsche, d Sibyl heig ere Baldrian greicht, der Franz syg Lybuguets Husarzt ga aalüte. Dä syg ere cho ne Sprütze gä u heig gseit, das syg e psychische Erschöpfigszuestand. Er wett nid grad mit Medikamänt dryfahre, organisch fähli re nüt, nume vil z mager syg si. Er syg lieber vorsichtig mit Beruehigungsmittel, die schlöji der Mönsch sturm, u wenn er us em Dusel erwachi, syg alls wider bim Alte. Am beschte gieng si chly us allem use, u wenn's grad nume für drei Wuche wär.

D Natur würki gäng no Wunder, me müess ere halt d Glägeheit gä derfür.

D Sabine het du bis wyt i Vormittag gschlafe, u wo si sech ändtlech us schwäre, konfuse Tröim het usegwärchet gha, het si nümm gwüsst, was passiert isch.

Es syg so still, was d Chind machi, het si d Sibyl gfragt, wo die der Chopf ynegstreckt het. Zu dene syg gluegt, si söll sech itz nume stillha.

Me het se nid lang müessen überrede, si isch gsi wi grederet. Ds Hirni het uf halbi Chraft zrugg gschaltet gha, si het ke vernünftige Gedanke meh chönne fasse. Nach ere Ewigkeit zwüsche Schlafe u Wachsy isch du d Sibyl mit de Chind cho Guetnacht säge. „Mueti Bobo, he, Bett gange, he?" het der Matthias gfragt. Der Florian het es Buggeeli mit Hanefuess u Chirbele zuechegstreckt u se gross aagluegt.

„Mueti, mir hei der ganz Tag gfolget u sy schön lieb gsi. D Sibyl het gseit, du müessisch itz Rue ha."

Typisch Rahel, die chunnt gäng ohni Umwäg zur Sach.
„So, Herrschafte, säget adie, u nächär abmarschiert, i ds
Huli!" het d Sibyl befole. Folgsam hei si rächtsumkehrt
gmacht u sy use. Das möcht d Sabine o einisch erläbe,
dass si so ohni z mule abzittere.

Am andere Morge isch si wider uuf, we si scho fasch nid
möge het. Aber si isch no nid fertig gsi mit Zmorge-
choche, isch scho d Sibyl ynecho. Ohni vil Umständ het
si am Chuchitisch Platz gnoh. „Mir hei Familierat ghal-
te", het si aagfange.

„Mir sy der Meinig, me sött di Sach nid la schlittle, bis es
zur Katastrophe chunnt. Mir müessten is ja es Gwüsse
mache, we mer da no lenger zueluegti. Drum sy mer
rätig worde, am gschydschte tät me di e Zytlang i d
Haslimatt, das isch en Alp wyt hinder Meiringe. Dert
wärsch allem ab u chönntisch wider zwäggraagge. Heidi
u Ferdinand hättisch nüt z schüüche, mer kennen enand
scho lang. Dert wärsch guet ufghobe, di zwöi sy ihres
Gwicht i Guld wärt. Der Fritz isch mit däm Vorschlag
cho, er het no öppe so Geischtesblitze.

Di Gschicht nimmt ne nache, i gloube bal, er schwärmt
chly für di. I allne Ehre natürlech, eh' weder nid sprung
er dervo, wenn ihm eini z naach chäm. Weder das, das
het nüt mit disem z tüe. Was meinsch, wär das öppis?"
D Sabine isch überfahre gsi. Das cha si doch nid mache,
was söll si de mit de Chind?

„Die chasch natürlech nid mit der näh, das wär de der
Esel am Schwanz ufzöimt", het d Sibyl glachet. „Um die
muesch der nid Gedanke mache, die übernimen i. Ds
Rösi geit mer sicher chly a d Hand, es cha's mordsguet
mit ne. I ha dänkt, i gang am gschydschte i ds Stöckli ga

schlafe, we's der glych isch. Es wär eifacher, als di ganzi Paschtete überezzügle."

D Versuechig isch übermächtig gsi. Furt vo allem, löie, schlafe, nüt meh müesse, nüt meh plane, eifach alls la gah, win es wott. Aber nei, das cha si nid, das isch zvil verlangt.

„Es wär schön", het si unglücklech gseit, „aber es geit nid."

„I wüsst nid, wiso das nid sött gah, du muesch nume wölle."

„Mit em Wille het das gar nüt z tüe, es isch öppis ganz anders. I bi das nid gwanet, i ha bis itz gäng sälber gluegt, dass es geit, u bi stolz gsi, dass i's gäng irgendwie ha chönne mache z gah. I bi ne Frömdi für öich, du schaf-fisch drümal so vil win i, u itz no das ... Sibyl, i wott di nid beleidige, aber i cha das nid aanäh, i bringe's eifach nid fertig."

Es isch lang still blibe, d Sabine het scho gloubt, itz heig si's ändgültig mit ere verdorbe, d Sibyl säg nie meh öppis zue re. Aber nach eme Wyli het si losgleit: „Dä verflüemeret Stolz! Es het mi scho lang wölle düeche, d Chatz lig dert im Höi. Dä chasch vergässe, dy Stolz, grad dä het di derewäg drybrunge, dass niene meh heiter gsehsch. Niemer cha der besser nachefüele als ig, was du muesch düremache. Aber gscheh isch gscheh, me cha nie zrugg, nume vorwärts. Myni Chind sy zwar nache gsi, wo Hansueli gstorben isch, i bi elter gsi als du u vilicht chly abgherteter, ha der Pantsch besser möge ver-lyde. Weder i wär glych mängisch froh gsi, we mer öp-per hätt chönne bystah, i wär nid z nobel gsi, für mer la z hälfe. Ussert em Rösi isch niemer cho, u das het sälber d

Chrääze voll gha. I cha zwar verstah, dass der my Ymischerei gäge Strich geit, i bi ja für di ou e Frömdi. Aber was i bis dahäre ha möge gmerke, isch bi dir niemer ume, wo chly chönnt luege. Itz isch nümm der Momänt für z boghälsele. Du bisch uf der Gnepfi, un i kenne mi uus mit Depressione, das chasch mer gloube. Du chasch nid numen a di dänke. Du hesch drü chlyni Chind, u die hei ds Rächt uf ne gsundi Mueter."

Das isch dütlech gsi, der Sabine isch es wind u weh worde. Werum mues si so kompliziert sy? Werum het se der Fred im Stich gla? Mit ihm isch ds Läbe eifach u heiter gsi.

„Es isch drum alls so schwirig …"

„Richtig, u drum muesch es nid für nüt no schwiriger mache mit dym Steckgrind. Gump itz über dy eiget Schatte, so chöme mer ab Fläck. Mir chönnte zämen e Handel mache, de gieng's der vilicht ringer. I luege der zu de Chind, u du chochisch mer im Winter vierzäche Tag für myni Manne, wenn i uf d Insle gah."

„Wenn wohäre geisch?"

Es churzes, verschmitzts Lächle. „Uf d Insle. Sit wytnache zäche Jahr gahn i jede Horner zwo Wuche uf Lanzarote. Das sy myni Ferie, die lan i mer nid näh, gscheei, was wöll.

Ferie isch zwar chly höch aagä. Em Rösi chan i my Hushaltig nid aahäiche, settigs geit ihm gar gnue, ömel ire Chuchi, wo nid ygrichtet isch für ihns. Drum mues i alben alls vorhär zwägmache u vorchoche, dass si nume chöi fürenäh u wärme.

U wenn i heichume, mues i e Wuche lang alls nacheschaffe, wo isch blybe lige. Für mi sy Ferie denn, wenn i vorhär u nächär der dopplet Chrampf ha. Hör itz uuf mit dym bockbeinige Tue, es wär mer würklech dienet, we mer's eso chönnte mache."

Ja, itz isch si da u cha gäng no nid begryfe, wi schnäll du alls gangen isch, wi gschmiert. D Sibyl het dra tribe, dass si sofort göng, bevor d Rahel i Chindergarte müess. Da chönnt de no allergattig cho, wo si d Närve sött binand ha. Si het ere gseit, was si öppe müess mitnäh, vil bruuch si nid dert obe, es syg kes Nobelhotel. Aber ömel gueti Schue und warmi Chleider nid vergässe, es chönn mitts im Summer abeschneie. Scho am nächschte Tag het se der Franz ufebracht, u si het ersch dobe gmerkt, dass ds Heidi u der Ferdinand vo allem nüt gwüsst hei. D Sabine würd usraschte, we me ihre so ne unverhoffte Bsuech würd zuemuete, für drei Wuche, i denen änge Verhältnis, aber Heidi u Ferdinand hei sech nüt la aamerke. Der Franz het ne ds Nötigschte erklärt u isch wider z dürab, u di zwöi hei ta, wi wenn unerwünschti Kurgescht ihres tägliche Brot wäre.

Si begryft di Ystelig nid, die geit ere gäge jedi Erfahrig. Aber we si so über alls nachedänkt, ziet es schmärzhaft im Härz. Settigi Fründe ha wär schön, wo men eifach zue ne chönnt, wo me i jeder Läbeslag uf se chönnt zelle, wo no sogar e Wildfrömdi ufnähmte für eim, das wär öppis. Aber settigi Fründe mues me sech gloub schwär verdiene, u wi macht me das? U wo findet me se? Die lige nid uf der Strass, das sy sälteni Vögel.

Aber settigi Aawandlige het si nid vil. Si isch i ihrem Läbe no nie so uf de Fälge gsi u vil z müed zum Spintisiere. We si nid hinder em Tisch isch und isst, ligt si. Der Ferdinand het en altersschwache Holzligistuel

fürezouberet, e richtigi Antiquität mit sibemal zäme-
gschnurpftem Matratzedrilch. Weis der Gugger, won er
dä ufgablet het, weder är no ds Heidi mache der Ydruck,
wi we si täte sünnele. Der Senn het mit Draht u Negel
chly drann umegchnorzet, und itz het er's. Dä ghei nie
meh zäme, het dä Künschtler gseit, u das Altertum vor
der Hütte uf ds Bödeli gstellt.
Si het einisch meh mit de Träne kämpft, het fasch nid
chönne danke. Si isch afe so nes Hüdeli, vertreit über-
houpt nüt meh, am wenigschte Fründtlechkeit. Dä Maa
isch vom Morge bis am Aabe am Wärche, mälchet u
chäset, trybt ds Veh zueche, tuet Mischt uus, zuunet u
baschtlet a der Hütte u findet no Zyt, eme wehlydige
Kurgascht en alte Ligistuel zwägzchläpfe. Das mues eim
ja mache z gränne. U dass si so ne Schlappschwanz isch,
das isch zum Bäägge, zum Grediusemöögge isch das.
Der Stuel rugget u schwankt hübscheli, wo si abligt,
aber er het's. D Hütte steit ire Duele, vo allne Syte schön
gschützt vor em Luft. I de Chuetrable vordüre het's
Glünggli, d Sunne spieglet sech drinn. Ds Heidi het ere e
verwitterete Strouhuet gä, e Sunnestich syg nid o no
nötig. Es dänkt a alls.
Das sy scho intressanti Lüt, di zwöi. Wi chöme die der-
zue, Summer für Summer i di primitivi Hütte ufezzügle,
die chönnte doch gwüss ihres Läbe bequemer verdiene,
so praktisch wi beidi sy. Bim Ferdinand begryft si's no
ender, dä isch e Sonderling, ähnlech wi der Fritz, aber wi
ds Heidi das ushaltet, isch ere schleierhaft.
Wi mängisch drääit si ächt deheime gedankelos der
Warmwasserhane uuf im Tag? Ds Heidi mues jede Tropf
uf em Herd choche, u das heisst Holz reiche, mit em

Bieli Schytli mache, e Zytig näh, es Füür aazündte, mit der Pfanne vom Schüttstei quer dür d Chuchi zum Herd, e Halbstund warte u gäng luege, dass ds Füür nid usgeit, ds chochige Wasser wider quer dür d Chuchi zum Schüttstei trage. D Sabine chönnt wahrschynlech nid emal es Füür mache, meh als e Cherze oder öppen es Fonduerechaud het si no nie aazündtet. We si grilliert hei uf em Balkon oder mit de Chind i Wald sy ga brätle, de isch ds Füüren em Fred sy Ufgab gsi. Ihm gfallti's hie obe, das wär öppis für ne.

Si het sech scho i allem u jedem ufe Fred verla, das wird ere itz plötzlech klar. Ihm isch alls so ring gange, er het ds Läbe vo der heitere Syte gnoh, isch derdürzäberlet u het im Verbygang mit der lingge Hand erlediget, was het müesse sy. Isch es ihm würklech gäng so guet gange, oder het er sy Sorglosigkeit mängisch echly gspilt, und in ihm inne het es nid so sunnig usgseh? Das möcht si wüsse. Isch dys Gmüet gäng so liecht gsi, Fred, hesch di schwarze Schatte nid o kennt? Si het nie gfragt, wo si no en Antwort hätt übercho, het sech sy unbeschwärti Art gärn la gfalle, isch zfride gsi i ihrer chlyne Wält.

Vilicht het die Sunne abe müesse, dass du chasch zur Gältig cho, het der Fritz gseit. Wahrhaftig chunnt si zur Gältig, d Lüt um sen ume chöi gar nid anders, als se zur Kenntnis näh, si macht sech unübersehbar breit i dene frömde Läbe.

Si het sech überschetzt. Das yzgseh isch bitter, aber si chunnt nid um die Erkenntnis ume. Vo null uf hundert, das geit nid vo eim Momänt ufen ander. Es einzigs Mal het si der Ligistuel füregnoh, sit si im Stöckli isch, u denn het's scho nümm vil gnützt. U de no mit schlächtem

Gwüsse isch si denn abgläge, wo d Röse mit de Chind i Wald isch. Werum eigetlech? Si chönnte meine, si chönnte dänke … Gottfridstutz, si isch doch albe nid so nes hysterisches Ding gsi, isch nie so hektisch umenandpfuderet, het füfi chönne la grad sy.

„Stress isch absolut unnötig, Stress macht me sech sälber."

Hundertmal het das der Fred gseit, u si isch völlig yverstande gsi mit ihm. So jung isch er gsi u het settigs eifach gwüsst u derna gläbt. Früh vollendet, het si einisch uf em Grabstei vore Frou gläse, mit füfezwänzgi het die müesse gah. Denn het si no e dumme Spruch gmacht über dä sentimental Satz.

Früecher het si sech doch gar nid um das kümmeret, wo d Lüt chönnti dänke. Me isch zwar naach ufenand gsi, aber me isch enand nüt aagange. Im Block hei nid Mönsche gwohnt, nume Lüt. Im Lerchehag isch me rüümlech wyter usenand, aber me cha nid tue, wi we me eleini wär, wi wenn eim alls nüt aagieng, me isch nümm anonym. Es wohne nid eifach Froue u Manne dert, im Lerchehag sy d Röse u d Sibyl, der Fritz u der Franz.

Es hätt vilicht scho glängt, we si jede Tag für ne Stund der Ligistuel ufgstellt hätt oder uf ds Kanapee gläge wär. Stress macht me sech sälber. Weniger gschaffet hätt si so ömel nid, i der letschte Zyt het si ja trotz allem Umehürsche nümme vil gmacht.

Das Stöckli isch ere scho fürchterlech zwider gsi. Si isch würklech derthäre wäg em Fred, u wül si süsch ke anderi Müglechkeit gseh het. Und itz, nachträglech, gseht si, dass es ds Gschydschte isch gsi, wo si het chönnen aastelle. Wi wär ächt alls usecho im Block? Wär hätt dert ufe Tisch gchlopfet u gseit, so gang das nid wyter, itz müess öppis gscheh? Sicher niemer, si het d Nachbere nume flüchtig kennt, het nie Kontakt gsuecht. Ihri Familie u di paar Bekannte hei re glängt. Eigetlech isch si scho gäng lieber für sich gsi, scho i der Schuel. O i der Lehr und speter im Usland het si nie neecher Bekanntschaft gmacht mit de Lüt, wo si mit ne het z tüe gha. Nume mit der Sonja het si verchehrt, u die isch em Fred ufe Wecker gange. Es syg en überstüüreti Schrube, si söll ne verschone mit dere. Das isch ds einzige, wo si ohni Fred dürezoge het, di Fründschaft mit der Sonja, süsch het si alls mit ihm gmacht. Är hingäge het tuusig Inträsse gha näbe der Familie.

Wi schön hätte si's itz zäme gha, wi glücklech wär der Fred gsi mit sym Franz, und si mues eleini dür dä Sumpf düre u het scho lang der Bode verlore under de Füess.

Gling, glingeling. Ds Guschti fat wider mit sym Ritual aa. Der Ferdinand het rächt, es gniesst das. Es streckt der Hals, fahrt mit em Chopf em Stuud na uuf und ab und verdrääit verzückt d Ouge. Wi wär's, we si sech o es täglechs Fröideli würd sueche. Si isch zwar kes Guschti, aber schade tät's o ihre nid. Mit irgend öppisem müesst si aafa, für us däm schwarze Loch usezcho. Si chönnt zum Byspil jede Tag einisch zu de Felse füre ga überusluege. D Ussicht i ds Tal mues sagehaft schön sy bi däm Wätter.

*

Der Ferdinand isch i ds Dorf. Jede Frytig macht er die Tour, pünktlech wi nes Zyt, reicht Fleisch u Brot u was

es süsch bruucht, u bringt d Poscht mit. Si hei es Poscht-
fach, der Brieftreger chunnt nid da ufe. E Zytlang numen
einisch Poscht pro Wuche syg no ganz gsund, meint der
Ferdinand, da merk er albe, dass sech d Wält ou ohni sy
Mithilf drääji. Uf d Zytig chönnte si gäbig verzichte, es
syg de einewäg alls lengschte verby, we si's z läsen
überchömi, aber är studieri no gärn der Sport, u ds Heidi
syg scharf uf ds Chrüzworträtsel u d Syte mit de Witze.
U für aazfüüre syg si ou kumod.

Hütt isch nid Ligistuelwätter, es schüttet, was abema,
der Näbel schlycht vor de Fänschter düre, ds Wasser
louft i Bech um d Hütten u sammlet sech i dräckige
Glungge.

D Sabine het sech i der Stube still. D Chind würde itz mit
Wonne i däm Chüedräckpfludi umesoue, aber für si isch
das nüt. Si het Härdöpfel grüschtet. Ds Heidi het's zwar
gar nid wölle ha, aber d Sabine het gseit, si müess itz
eifach öppis mache, süsch wärd si no volländs trüebsin-
nig. Das Umeblaaschte syg si nid gwanet.

Itz isch si am Sockeflicke. Das cha si, d Mueter het ere
das bybracht. Ynestückle, Färsere ysetze, Spitze aalis-
me, überzie, verwäbe, die Künscht beherrscht si, da mues
ere keni öppis wölle vormache.

Wenigschtens keni vo ihrer Generation. I der Schuel leit
me nümm Wärt uf das, hütt isch Kreativität Trumpf.
Scho zu ihrer Zyt. Es einzigs Paar Söckli het si glismet i
ihrer Handarbeitszyt, und als Kuriosum het ne d Lehre-
ren einisch zeigt, wi men e Flick uf nes Loch steppt. Hütt
flickt me nümm, hütt schiesst me ds Züüg i ds Ghüder u
chouft nöis. Vilicht dänke ja nid alli Handarbeitslehrere
so, d Sabine isch uf all Fäll froh, dass se d Mueter so i d

Kur gnoh het. Deheim wartet e ghuuffete Züber voll uf ds Flicke. Chunnt si ächt wider einisch sowyt, dass si mit allem ma gfahre, so wi früecher?

Wi das brieschet. Hütt wär's nid schön uf de Felse, me gsäch nüt. Es isch glych, si geit nümm, es het nid ghoue. Si het's nume einisch probiert, u d Luscht uf wyteri Usflüg isch ere grad vergange. Chuum isch si uf der Nasen usse gstande u het di Ussicht wöllen aafa gniesse, isch scho ds Heidi da gsi. Es het pro forma aafa erkläre, was men alls gseji vo hie uus, u het Näme vo Bärge, Alpe u Bech abeglyret. Aber d Sabine het gwüsst, für was es da steit. Für sen am Chrage z packe, wenn si sött wölle überuusgumpe. Si het's nid im Sinn gha, aber si ma nid mit em Heidi stucke. U vo der Arbeit abhalte wott si's o nid, de verzichtet si lieber uf d Ussicht.

Ds Öfeli chlepft u murmlet zfride vor sech häre. D Sabine het ds Füür entdeckt. Si het no sälte Glägeheit gha, i ds läbige Füür z luege. Si drääit e Schalter u fertig. Si stuunet sälber, was ihre für Gedanke chöme vor em offene Ofetööri oder vor der Füürgruebe. Fasziniert beobachtet si, wi d Flamme di Schyter umwärbe, wi si sech drumlyre, wi ds Holz schwarzi Ränder überchunnt de Fasere na, win es glüejig wird, unmerklech ufgfrässe, win es zu Gluet vergheit und am Schluss zu grauer Äsche erchaltet. Wenn d Flamme ufläue und am Chessi läcke, isch das so urtümlech u gwaltig, u glychzytig so gheimnisvoll, dass d Sabine begryft, werum ds Füür i vilne Kulture als heilig gulte het.

Der Fred het albe Holzchole gnoh zum Grilliere, aber der Fritz het es richtigs Füür gmacht im Cheminée a Sibyls Geburtstag. D Chind sy nid gsi z halte u scho vil z früech übere. Si heigen em Fritz duurend i d Naselöcher gluegt un ihm es Loch i Chopf gfragt. „Fritz, was git das, Fritz, werum machsch das, Fritz, wenn chunnt itz ds Fleisch druf?"

Das syg e wärklegi Gsellschaft, dene chöm ömel no öppis i Sinn. Er heig müesse druffe sy wi der Tüüfel uf eren arme Seel, dass si sech nid d Haar u d Ougsbraue aagschmürzelet heige. U si fragi de nid nume für z stürme, we si eim löchere mit ihrem Gwunder. Aber si wüsse itz Bscheid; mindischtens e Stund vorhär müess me füüre, mindischtens, u Flyss ha mit Holz nachelege, de heig me schöni Gluet, we d Sibyl mit em Fleisch chöm. U d Sibyl het e Bärg Côtelettes, Blätzli u Würscht bracht, alls scho am Morge früe zwäggmacht u mariniert, was ächt süsch. Si het's näb em Cheminée uf nes Tischli gstellt u gseit: „So, Chef, fang aa." Der Fritz chönn das am beschte, er syg e vorzügleche Höllmeischter, si bsinn sech nid, dass ihm einisch öppis aabrännet oder zääi worde wär. D Rosmarie isch mit Salat cho, u d Sabine het Ehr ygleit mit ihrem Tiramisù. Ds letschte Räschteli hei si furtputzt. D Chind hei all halb Stund e „Häppi bördsdei" zum Beschte gä, u alli hei folgsam u begeischteret gchlatschet. D Rahel het sech verböigt wi ne Profi. D Überraschig mit Sabines Gschänk isch voll u ganz glunge. D Sibyl het das Päckli zersch gar nid wölle näh, so syg's nid gmeint gsi, si heig ja äxtra nüt gseit. Ändtlech het si's ufta und e Zytlang wortlos uf das Blusli gluegt. Nächär isch si mit zwene Finger fyn über das sydige Gwäb gfahre, het der Chopf gschüttlet u gseit: „Stärnelatärne, itz weis i doch bal nid, was i söll gaxe. U de no sälber gnääit! Das hätt i ou gäng gärn wölle chönne, aber es isch hoffnigslos, i bringe nüt Rächts z Stand. Zu meh als eme Stuelchüssi oder eme Blätz uf nes Über-hosechnöi längt's bi mir nid." Druf isch si yne un es Cheerli speter im Blusli umecho. Es het passt wi aa-gmässe, Sexbombe häb Dank, u d Sabine het sech uner-kannt gfröit, dass si di unerschütterlichi Sibyl chly het chönne us em Glychgwicht bringe.

Es schöns, gmüetlechs Fescht, kei Misston, nüt. Bis der Matthias es Glas Rote über Sibyls Ligistuel gläärt het. Nid äxtra, es isch en unglückleche Zuefall gsi, aber er isch gstande wi ne Ölgötz, het mit wytufgrissnen Ouge zur Sabine gluegt und uf ds Donnerwätter gwartet. Da isch ihres Höch sang- u klanglos zämegheit. Si isch i Träne usbroche, het gmerkt, dass si am Explodieren isch. Ohni es Wort isch si hei. Si het di verständnislose Blicke im Rügge gspürt, wi Nadle hei si gstoche. Am Aabe isch si sech ga entschuldige, aber d Sibyl het nume gseit, me wöll nid dervo rede, es syg sech nid derwärt.

Vo denn aa isch es nume no bärgab mit ere. Si het scho bim Zmorge ds Gränne verchlemmt, u d Chind het si aabrüelet, dass si umegschliche sy wi verschüpfti Hüe-ner u bi jeder Glägeheit i ds Burehuus verstobe sy. Si het sech usgmale, was dert äne gredt wird. Gschlafe het si sozsäge nüt meh. D Rosmarie u Lybuguets hei sech be-tont unuffällig um se kümmeret, u das het ere no der Räschte gä.

Wenn es Läbe o so eifach z flicke wär wi dä Socke, suber mit Maschestich überzie, u scho gseht me nüt meh dervo, dass es vori no grad het wölle la gah.

*

Der Ferdinand bringt e Schwall Chelti i d Stube und e Täsche voll Papier, Zytige, Reklame, es dicks Couvert für d Sabine. Vom Lerchehag.

Liebe Sabine,
das Schreiben ist nicht gerade meine stärkste Seite, aber Du sollst wenigstens wissen, dass bei uns alles in Ordnung ist. Die Kinder reden viel vom Mueti, aber sie machen kaum Schwierigkeiten. Sie haben einen halben Nachmittag lang für Dich gemalt und gezeichnet, ich lege von jedem das schönste Blatt bei. Sie lassen grüssen. Erhol Dich gut.
Gruss
Sibyl
P. S. Grüsse auch von Franz, Fritz und Rösi.

Keni Schwirigkeite, klar. E Mueter wyt wäg uf eme gottverlassne Hoger obe, wo me nüt vore ghört, isch jederzyt besser als eini, wo i der Wonig umemöögget.
Es tuet chly weh. Bis doch froh, blödi Gans. D Sabine faltet de Chind ihri Kunschtwärk usenand. Der Matti chriblet no, me gseht nid, was es söll sy. Der Florian het öppis mit Reder zeichnet, dänk e Traktor, u zwe Manne. Es müesse fasch Manne sy, de Hosegschlötter aa. Wär gmeint isch, mues si nid frage. Bi Rahels Bild git's nüt z rätsle. Es Füür, e Tisch, rächts äne sibe verschide grossi Lüt, links näbenusse en überlängi Frou, wo re zwo Schnüer vo riisige, runde Träne us den Ouge rünne. D Sabine isch nid psychologisch gschuelet, aber di Zeichnig hout ere eis uf ds Dach.
LIPS MUDI FILE GRUS FODR RAHEL

Sit paarne Wuche fragt si nach Wörter, wo si gseht, Konsum, Käserei, Stop etc. D Sabine het ere's gseit, aber es wär ere nie i Sinn cho, das z forciere u se no mache z läse, bevor si i Chindergarte mues. Aber irgendwie rächnet d Rahel di Buechstaben uus, si kennt scho feiechly mänge u probiert se itz zämezsetze. Aber was si gschribe het, cha si albe nümm läse. De Buebe ihri Zeichnige het si o aagschribe: MADIAS FORIAN

D Sabine geit zum Öfeli, tuet d Klappen uuf, gheit es Schyt yne u luegt, wi ne Schwarm Glüetli ufstübt u vergeit. Si wett hei, si het Längizyti nach de Chind. Aber si cha nid. Drei Wuchen isch abgmacht, da drann wird nid grüttlet. Drei Wuche, un es sy no nid emal zwo verby. Wäge däm hei si se o nid sälber la fahre, drum isch der Franz mit ere cho, dass si nid cha i ds Outo hocke und abfahre, we si der Läckmer het. Di drei Wuche mues si abhocke. Soublödi Mueter, muesch furt, wül de d Chind nümm masch verlyde, u nach anderthalb Wuche haltisch es scho nümm uus ohni.

*

„Chumm lueg einisch, i mues der öppis zeige." Der Ferdinand streckt der Chopf i d Chuchi u winkt d Sabine i Stall use.

Über di heissischti Zyt tuet er d Tier y wäge de Flöige u de Bräme. Am Aabe lat er se use, de sy si frei bis am andere Vormittag. Meischtens chöme si sälber derhär, si wüsse, wo Schatten isch. Itz lige si da, zwo längi Reie vo graue Fleischbärge, u tüe gmüetlech widerchöie. Der Ferdinand zeigt uf eini vo de Chüe.

„Wosch gäng no behoupte, di Tier heigi nid Fröid a de Glogge?"

D Sabine trouet ihrne Ouge nid. Di Chue chöiet mit grosse, langsame Kreisbewegige u bängglet derzue im Takt der Chopf mit elegantem Schwung gäge linggs ufe. Mit jedem Schlungg macht d Gloggen e schöne, volle Ton. Zwüschyne hört dä exakt Rhythmus plötzlech, u we's der Chue zweni starch lütet, zwickt si no einisch nache. D Sabine isch sprachlos. „Gäll", seit der Ferdinand, „u de seit me no ‚dummi Chue'. Lue, wi si mit zuenigen Ouge d Ohre lat spile, wi we si es Konzärt losti. Chüe sy alls andere als dumm, da chönnt i Gschichte verzelle, aber si sy halt gross u schwärfällig. Si kenne genau ihre Tagesablouf, frässe, was ne guet tuet u nume sövel, wi si möge verlyde. Me chönnt das nid vo allne Lüt säge. Jedi kennt ihre Platz im Stall und ihri Nachbere, si hasse jedi Änderig. Wenn usnahmswys eini am lätzen Ort häregeit, git das es Grangg un es Brüel wi am Burdlefmärit, un es hört nid uuf, bis alls im Alte isch. U wenn itz undereinisch en anderen als ig mit ne wett cho gschäfte, wäre si gar nid zfride. Nenei, Chüe sy nid dumm, ganz u gar nid. D Flora het das Gloggespili sälber usegfunde, sit öppen ere Wuche macht si das. Di lengschti Zyt cha si weigge, es Wunder, das ere der Chopf no nid abgheit isch. D Flora läbt wohl dranne, u di bringt's i Gusel. So findet halt jedes sys Fröideli u sys Ergerli."

D Sabine ergeret sech nümm ab de Glogge, si het sech dra gwanet. Wo si sech überleit het, dass si alben im Block alli Löcher het müesse zuetue, dass d Chind es Oug voll Schlaf verwütscht hei, isch si sech sälber gstört vorcho.

Der Motorelärme u der Abgasgstank nimmt me wider-
standslos i Chouf, u di harmlose Chueglogge stören eim.
„Dumme Mönsch" wär ender am Platz.
„D Wält isch zhinderfür", seit der Ferdinand.
Kennt er eigetlech alli syni Tier? Für d Sabine gseht jedi
glych uus. Em Franz syner sy wenigschtens no verschi-
de gfläcket, aber die da sy alli glych grau.
„Wär eis e schlächte Senn, wo sys Wärli nid kennti,
potzwohl. We mir ufgfahre sy, geit das ke Wuche, un i
cha jedem Stück der Name gä u weis, won es häreghört.
U wäge de Graue, es isch halt e Bärgrasse. Si sy öppis
weniger schwär als d Simmetaler, u öppis beweglicher,
aber grad richtig, für a dene stotzige Börter umezturne.
Disi chöi's zwar ou, im Ämmital het's o paarnen Orte
strypperi Weide. I chume vo undenufe u ha albe Fläck-
veh gha, aber afen einisch gseh si's nid gärn hie obe,
wenn eine e frömdi Rasse zuecheschleipft, u de het's mi
du bal sälber aafa ergere, wo my War so uffällig usegsto-
chen isch. So han i du mit der Zyt umgstellt, u i chönnt
mer hütt nüt meh anders vorstelle. Es isch nid zletscht
echly e Liebhaberei, teil rede sogar vo Zwängerei. D
Schägge täte sech ou gwane, herrjee, wiso nid. Myni hei
ömel nie öppis derglyche ta, ds Gras syg hie weniger
grüen als denide. Aber me het hie eifach Graui u baschta."
„Werum machsch du das, Ferdinand?"
„Was?"
„I die Lotterhütte cho chüejere. Das isch doch e heillose
Chrampf, u du chönntisch ds Läbe sicher ringer ver-
diene."
„Was söll i säge, wäg em Lohn nid, i chönnt a mängem
Ort meh uselüpfe u's schöner ha. Allwäg us Eigeligi.

Ha's nie chönne verputze, we me mer z hert drygredt het. Als jünger han i mit em Brueder zäme buret, mir hei es styffs Heimet gha. Es wär übertribe, wenn i wett bhoupte, es syg bsunderbar guet gange. Mir hei vil Stämpereie gha, u meischtens isch nid Öttu tschuld gsi, das weis i hütt.

Mir hei du di Sach einigermasse im Fride usenandgmacht, hei Bouland müesse verchoufe, dass mer hei chönne teile. Aber der Brüetsch isch o froh gsi, dass er däm Stürmihund losworden isch.

I ha de e Zytlang dises u äis grützet, u wo mer das Heimetli da unde aaglüffen isch, han i zuegriffe. Nüt Grosses, meh als vier Chueli chan i nid ha. Schulde sy keini druffe, u das isch hütt ds Wichtigschte. Am Gäld hange mer nid apartig, u drum chöme mer für.

Im Winter bin i uf em Bou u verdiene gnue, i bi zfride. Der Meischter isch froh, dass er mi öppen allnen Orte cha härestelle, un i bi froh, dass er mer nid drylaferet. Aber im Früelig, we der Föhn der Schnee wägschläckt u d Syten all Tag wyter ueche aaber wärde, de schrysst's a mer wi mit Seiline, un i ma fasch nid gwarte, bis i obsi cha. Hie chan i tue, wi's mer isch, si lö mi mache, wül si e Gottsangscht hei, i chönnt ne süsch druusstelle. Drum drücken i ou nid z hert uf ne Modernisierig, am Änd lauereti no eine zueche, wo wett cho u vilicht no weniger en Übelgäbige wär."

Lueg itz das, we men am richtigen Ort guslet, chunnt sogar e Ferdinand i ds Brichte.

„Jä, u de ds Heidi?"

„Also, das het's synerzyt herter gha, us allem use, das isch z säge. Aber mit Öttus Froueli isch ou kes Uscho gsi, u drum het es sech nid heftig gwehrt. Itz sy mer zäme gwanet u wette nüt anders."

So ganz trouet d Sabine der Harmonie nid. Si het di zwöi zwar no nie ghöre chääre, u di Frou macht eigetlech no ganz e zfridene Ydruck. Aber eso i d Wildnis bugsiere liess sech d Sabine nid.

Bir nächschte Glägeheit geit si hinder ds Heidi. Öb ihm di vorsintfluetlechi Hushaltig nid mängisch stinki, u dä ganz Chnorz u kes Lädeli u di ganzi Einsamkeit?

„Wi weniger dass d hesch, wi weniger hesch dermit z tüe", lachet's. „I mues ja nid nach jedem Ässen e Stund lang abwäsche u d Chuchi mache u Züüg u Gschichte. Bevor anderi ihres tüüre Service i d Abwäschmaschine tischelet hei, sy myni drü Täller scho suber. Klar mues me dranne sy, aber me het de ou der Fride.

Ds Gnietigschte isch d Wöscherei, no so nach alter Väter Sitte. Denide han i e Maschine, aber we jedes Hüdeli mues abe u wider ufetreit wärde, isch das umständlech wi ne Hund. Aber es geit ömel. Mir spare halt echly u legen is nid jede Tag drümal anders aa.

Si rede scho lang vomene Strässli, u früecher oder speter git es sicher eis, aber es isch derfür u derwider. Es würd eim mängs erliechtere, we me chönnt vor d Hütte fahre u zwüschyche chly ringer abe, chönnt ga zur Sach luege. Uf der andere Syte wüsse mer nid, was de alls dür das Strässli ufechunnt, sicher nid nume Gfröits.

So het eifach alls sy Prys. I wott nid säge, i heig nie Längizyti nach mym gäbige Chochherd, oder nach der Badwanne, aber alls zämegnoh isch es halt niene so wi hie."

*

Es naachet. Übermorn chunnt der Franz, übermorn geit's hei.

Es isch der Sabine ganz kurios z Muet. D Zyt isch gschliche u het mängisch nid umewölle, u itz, wo si zruggluegt, isch alls vil z schnäll gange. Si isch so hin u härgrisse. Es geit ere besser, si schlaft wider, grännet nümm, aber wi isch es de deheim? Hie het me se behüetet u vo allem abgschottet. Ma si's de verlyde, wenn wider alls drunder u drüber geit?

Si fröit sech uf d Chind, ma fasch nümm gwarte, bis si se het, u glychzytig förchtet si, si mööggi se de wider z Bode, u gly syg alls im alte Fahrwasser. Si fröit sech uf alli Bequemlechkeite, gluschtet scho lang nach ere usgibige, heisse Dusche, aber dä Züber voll Flickwösch gruuset se zum voruus. Si fröit sech uf vil, uf di sunnigi Terasse, uf ds Gärtli, uf ds Rassle vo de Chöttine im Stall äne, ufe Güggel mit sym chyschterige Lied, uf Fritzes Sprüch, uf d Röse, wo re chunnt cho d Chuttle putze, ufe Tubakrouch, wo nach Caramel schmöckt. Mit Ferdinands Knaschter het si sech nid chönne befründe.

Het si itz würklech da ufe müesse für z merke, wi fescht si scho aagwachse isch, trotz ihrem Widerstand, trotz allne Vorbehalte, trotz allne Schwirigkeite u Blamage. D Sibyl het si uf all Fäll faltsch beurteilt, sovil het si gmerkt. Si het ihri Eigeheite u Marotte, das sicher, aber dä muggig Drache, wo si am Aafang ire gseh het, isch si ganz bestimmt nid. Momol, si fröit sech o uf d Sibyl oder probiert's wenigschtens.

U glych röit es se, hie furtzmüesse, es isch halt scho ne spezielli Wält. U ds Heidi u der Ferdinand, das sy zwöi, die wett si gärn no meh mache z rede. Vilicht es anders

Mal, itz wott si hei, es isch Zyt. Es geit ere besser, ganz entschide, un e Mueter ghört zu de Chind. Aber äbe, der Fred isch nümme da u chunnt nie meh zrugg, a däm ändereti on e Kur im tüürschte Sanatorium nüt.

D Sabine het dasmal nid der Fähler gmacht, nach em Prys z frage, aber uf irgend en Art wott si de der Ferdinand u ds Heidi entschädige, si weis nume no nid wie. Mues halt de d Röse frage oder d Sibyl. Si gloubt zwar nid, dass si se hert beläschtiget het, si isch ja meischtens gläge oder für sich gsi. Aber si het glych der täglech Trott gstört, u öppis müesse si ha. Drei Wuche schmarotze isch nid der Sabine ihri Sach.

*

E riisige Rucksack uf zwöine Bei chräblet der Bärg uuf. Der Franz chunnt scho am Aabe vorhär. Eleini. D Sabine isch chly enttüüscht, si het ghoffet, er nähm öppen es Chind mit oder zwöi. Er isch zimli usser Aate, won er doben aachunnt, das Bagaasch isch o für ne starche Maa schwäär. Was het ächt dä im Sinn, en Expedition quer dür d Alpe?

Es heig nen uf ds Mal gluschtet, wider einisch e Sunnenufgang cho z luege vom Grat uus, ds Wätter schöni, ömel morn heig's es no. Ds Gepäck stellt er ufe Stubetisch.

„Pack uus, Heidi." Zwo grossi Täsche het er o no ufegschleipft. E Züpfe, Brot, Späck, Würscht, Bluemchööli, Salat – di Seck sy unerschöpflech. Zwo Fläsche, dick i Zytigen ypackt, wärde vom Ferdinand bsunders liebevoll in Empfang gnoh. Er tuet eini uuf, schmöckt drann, reicht es Glas u schänkt zwe Finger breit y. „I will dänk afen eis näh füre Fall, dass i hinecht sött Mageweh übercho“, seit er u blinzlet. „Cha passiere, was wott, i ha's de gha.“ Er kippt das Wässerli, byschtet wohlig u versorget d Fläsche sorgfältig hinder em Bett.

Sider dass ds Heidi usruumt, nimmt der Franz d Sabine uf ds Chorn. „Zeig, wi gsehsch uus? Grad zuegnoh hesch nid, das wär blagiert, aber Farb übercho hesch. Was meinsch, preschtiersch es, am vieri uuf u nächär e Stund obsi, der Sunnen etgäge?“

„I gloube scho“, seit si abwäsend. Es isch soublöd, si ergeret sech ab sich sälber, aber sit der Franz da isch, het si numen ei Gedanke: Wo wott dä schlafe? Ds einzige lääre Bett steit i ihrem Stübli. Nid dass si Angscht het vor ihm, nid vor em Franz, aber … Si wott ke Maa im glyche Ruum, nid emal im andere Bett, si vertreit das eifach nid, es isch unmüglech.

Zum Znacht git's Raclette, aber nid eso, wi si's kennt. Der Ferdinand stellt e grosse Ziegelstei zur Füürgruebe u leit es halbs Chäsli druf mit der Schnittflechi gäge d Gluet. Ds Heidi reicht Gleser füre u schnydt Brot. Der Franz stellt e Bank us der Stube i d Chuchi. Er heig der ganz Wäg ghoffet, der Ferdinand heig öppen es Mutschli fürig, Chääsbrätel syg ihm öppis vom Liebschte.

„Chumm, Sabine, das muesch gseh ha, das isch die Hand des Meisters.“

Der Ferdinand passt näb em Füür wi ne Hund uf ne Chnoche.

Der Chäs schwitzt, macht Blääterli. Fasziniert luegt d Sabine zue, wi sech di gälbi Flechi aafat uflöse u langsam, langsam i ds Fliesse chunnt. Dicki Tröpf lö sech zäme, zie sech i d Lengi. Im letschten Ougeblick, bevor di Herrlechkeit i ds Füür aberütscht, nimmt der Ferdinand dä Chäs, chehrt ne u strycht ds Flüssige uf ne Brotschnitte, wo ds Heidi uf em Bank zwäggleit het.

Itz chunnt es grad mit Wy zur Tür y. „Won i di zwo Guttere im Brunne ha gseh, han i gwüsst, was es gschlage het", lachet der Ferdinand u rückt ds Mutschli wider zwäg uf em Stei.

Eis Mal um ds andere strycht er so ne herrlech appetitlechi Salbi uf ds Brot, u d Sabine isst Chäs, bis si meint, er louf ere zu den Ohren uus. Das isch de öppis Feins. Chuum isch si fertig mit ere Schnitte, het der Senn scho di nächschti parat für se. „Iss nume, mer zelle nid, hütt muesch Chäs ha bis gnue." Si heig scho lengschte meh als gnue, seit si ändtlech, das syg itz der alleriletscht Bitz, meh chönn si uf ke Fall abestungge, süsch platzi si. Nume das nid, da wöll me rächtzytig derfür tue, seit ds Heidi u reicht der Schnaps hinder em Bett füre. E tolle Schluck Kirsch uf gnue ufe syg gäng no ds Beschte, dä vertüei de di Sach. Süsch heig si di ganz Nacht e Stei im Buuch.

Lächle si? Die müesse nid meine. Si nimmt es Kirsch, u wenn es se tödt. Es tödt se würklech fasch, öppis sövel Starchs het si no nie gschlückt. Es brönnt höllisch. Si cha nid begryffe, wi öpper freiwillig vo däm Gift ma trinke. Dä Ferdinand cha genau glych läschtig grinse wi Lybuguets.

Der Franz streckt d Bei läng vo sech u luegt rundum zfride dry. D Sabine het ne no nid mängisch so glöst gseh. „I nuhm no eine, wenn öppe no ne fürige hättisch, chume nie meh jünger derzue." U scho het er wider e

Schybe Brot i der Hand. Der guldig Chäsbrate tropfet uf allne Syte drüber ab.

Öb si brav gschwarznet heigi, möcht der Franz wüsse. Für einisch cha d Sabine mitrede. Si het scho gly Bekanntschaft gmacht mit em schwarze Gaffee, win er da obe Moden isch.

Es grosses Chacheli, fasch meh e Schüssle, e Löffelspitz Pulver dry – sibezäche Chorn, achzähni sy eis zvil, seit der Ferdinand –, vil Zucker, chochigs Wasser drüber un e tolle Platsch Bätzi dry. Dä sogenannt Schwarz isch dünn wi schwache Tee, aber nume zum Luege. Zum Trinke het er's in sech.

Es isch öppis cheibe Guets, aber meh als eis Beckeli het d Sabine no nie gnoh. Es wird ere scho vo eim chly sturm, si het nid e Poschtur wi ds Heidi u der Ferdinand. Die verputzen es Halbdotze der glych Aabe, u me merkt ne nüt aa.

Söll si ächt ds Heidi frage, öb es die Nacht überufe chömm, de chönnt der Franz i der Stube schlafe. Si trout sech nid, es isch so ne gueti Stimmig, die wott si nid verderbe. Allne isch es wohl, niemer macht sech da Gedanke, nume si. Wiso macht si alls so kompliziert, werum cha si's nid eifach la a sech härecho?

Der Wy isch uus, der Chäs fasch furt, itz chunnt äbe no der Schwarz. Ohni dä isch es Fescht kes Fescht. Me züglet i d Stube, ds Heidi het natürlech scho alls zwäg, u itz wird usgibig gschwarznet. Der Franz tuet nid heikel, er ma nen o verlyde. D Sabine lost zue, wi di drü zäme brichte. Es isch ere chly schummerig. Der Wy halt u der Kirsch, u itz no ne settigi Schüssle Gaffee. Der Ferdinand het nid gytet mit em Schnaps. Si wär müed gnue, es ziet ere d Ouge zäme. We si no eis nimmt, gheit si i ds Bett u schlaft wi ne Stei. De cha wägen ihre passiere, was wott. Entschlosse streckt si em Heidi ds Beckeli etgäge. „Darf i no eis ha?"

D Sabine cha Gaffee ha, bis si drinne cha chosle bim Halszäpfli hinde. Si hätt lieber nümm so nes Starchs, aber si ma nid bcho, ds Chacheli wägzzie, scho het's der Ferdinand chreftig touft us der Guttere.

We der Fred das hätt chönnen erläbe! So ne gmüetleche Höck iren Alphütte, da wär er im Chlee gsi, da hätt er no wuchelang dervo verzellt. Plötzlech ma d Sabine nümm. Si trinkt uus u seit, si göng i ds Bett, si syg müed.

Öb si z rächter Zyt erwachi, oder öb er söll cho Lärme mache, fragt der Franz. Es wär gloub scho gschyder, we sen öpper chäm cho wecke. Si het eidütig z vil ver- wütscht, d Gsichter verschwümme, wi wenn es Näbeli drübergieng, der Bode het en Überzug us Watte. Si ghört der Franz no vo Schlafsack u Höistock rede, nächär isch si duss.

Si het es Stüberli, eidütig. Der Fred würd sech chrankla- che, wenn er se gsääch d Stägen ufstogle. Ja, mir hätte's no mängisch chönne luschtig ha zäme, wenn di nid der- vogmacht hättisch. Schlafsack? Höistock? Machet doch, was der weit, dänkt si no, gheit i ds Bett und isch wäg.

Si schlaft wi ne Stock u het ds Gfüel, si syg ersch vor ere Halbstund undere, wo der Franz chlopfet. Si het Müei z erwache, er mues aawände. „Chumm abe, mir näh no nes Gaffee, bevor mer göh." Ou ja, es richtigs Gaffee, chochig heiss, unverdünnt, das cha si itz bruuche. Es isch scho alls zwäg, wo si i d Chuchi chunnt. Chäs, Brot, heisses Wasser, alls parat.

„Hesch du gchochet?" fragt si u ginet. „Chuchikünscht sy nid grad my Sach, aber heisses Wasser brung i allwäg no fertig. Aber i wott nid höch aagä, ds Heidi het's no gmacht, bevor mer undere sy. Für was git's Thermoschrüeg."

Werum isch dä so uverschämt munter, si gseht no fasch nid zu ihrne Schlitzougen uus. Ässe wott si nüt, numen es Gaffee, aber eis nach ihrem Gschmack.

Es geit fürchterlech stotzig ufe. D Sabinen isch nie da düre, isch chuum es paar Schritt vo der Hütte wäg di drei Wuche, me het se rund um d Uhr beobachtet. Nid ufdringlech, das wär nid d Art vo dene zwöine, aber si het's ömel gmerkt. Übelnäh cha si ne's nid, si wärde ja vo Lybuguets ihri Gschicht kenne u hei nüt wölle riskiere. Si isch ja würklech schitter gsi, wo si isch ufecho, aber glych.

D Nachtluft tuet guet, langsam erwachet si zgrächtem. Es taget scho chly über em Grat. Si isch no nie so früech verusse gsi. Wi dä Franz obsigeit! Wi nes Gemschi. Nid bsunders gleitig, aber regelmässig. Wiso macht das däm nüt? Er isch sicher zäh Jahr elter, het no ne Rucksack, u si chunnt scho nach den erschte füf Minute i ds Schnopse. Si zwingt sech zu langsame, länge Schritte, macht ruehigi, töifi Aatezüg, aber si cha ne nid tüüsche.

Er blybt stah u wartet uf se. Si het ganz e heisse Chopf u gspürt der Härzschlag i den Ohre. „Mir hei nüt z pressiere", seit der Franz. „Jufle isch für nüt am Bärg. Da muesch dys eigete Tämpo näh. Du bisch di nid gwanet, da chasch nüt erzwänge." Das het si o scho ghört. Wi findet me ds eigete Tämpo?

„Lueg nid uf mi", chychet si, „i chume de scho, bi halt ke

Bärgstygere." Der Franz nickt u geit wyter. Si verschnuufet e Momänt. Är steit scho wider.

„Es macht mi närvös, we de gäng uf mi wartisch", seit si, wo si nachen isch. „So chumen i outomatisch i ds Pressiere."

Wortlos chehrt er sech u stygt u stygt, Fuess vor Fuess. Si merkt sofort, dass er brämset. Es macht se verruckt. Si isch kes Hüendschi, wo ne Gluggere nötig het. Aber e dumme Socke isch si, anstatt froh z sy, dass öpper uf se luegt, macht si der Chopf wi ne chlyne Goof. Ds Läbe isch schwirig. Albeneinisch luegt si uf d Uhr. Ersch zwänzg Minute, ersch e Halbstund. Es geit ufe und ufe, dä Hang isch ändlos.

Für was mues si sech uf ne Bärgtour yla, si isch doch ke Geiss. Der Franz louft wi nes Ührli, u si het Sytestäche u Halsweh. Werum hocket si nid eifach a Bode, di Sunne geit doch ohni seien uuf! Dä Stei dert, dä rüeft ere diräkt. Aber si cha nid, mues uuf u nache, dä bruucht nid z meine.

Ändtlech, ändtlech gseht si der Grat. Der Franz steit scho lang u luegt ere zue. Was dänkt er ächt? Söll er doch dänke, was er wott.

Für d Sabine isch es höchschti Zyt, no wyter möcht si nid. Si het ke Luft meh, derfür Schmärzen im ganze Körper, u der Puls tobet bis i d Fingerspitzen use un i d Haarwürzen ufe.

Es isch ke Grat, numen en Absatz, es breits Band. Hindedra geit's no schier stotziger ufe, u vo dert obe vilicht no wüeschter.

Der Franz seit nüt. Er nimmt se bir Hand u füert sen übere uf ne Felsvorsprung. Er schlüüft us em Rucksack, ziet d Chutten ab u leit sen a Bode. „Hock afe chly." Er sädlet sech näbe se. Si cha no nid rede, ds Schnuufe tuet ere weh bis i Buuch abe. Es schüttlet se. Ab em Ufeloufe het si gschwitzt, ganz erhitzt isch si doben aacho, itz fröschtelet si. Wortlos leit ere der Franz der Arm um d Achsle u ziet se zue sech. Si gspürt sy Wermi dür d Chleider düre. Still höckle si näbenand u warten uf d Sunne.

Es isch scho nes Zytli heiter, aber plötzlech ligt es Liecht i der Luft, wo me nid weis, won es härchunnt. E Blitz zuckt uuf zwüsche zwöine Hörner änet em Tal, e lüüchtige Punkt lat sech usenand, geit i d Breiti, i d Höchi, wird zu re Sichle, de zu re Halbchugle, u zu mene riisige, bländige Ballon.

Paar Sekunde balanciert er uf em Felsrand, nächär schwäbt er langsam i d Höchi. Der Himel het Farbe, wo me chuum cha beschrybe, vom satte Violett über dunkels Wyrot bis zu zartem Hällgälb. Ds churze Gras schimmeret wi verguldet, dä Schyn verwandlet ihri Schue, ihri Hose, Franzes Hand, Franzes Chopf. Es paar Aatezüg lang git's nüt, wo nid richtig wär.

„Vilicht isch der Fred itz dert oben amenen Ort u luegt zuen is abe", seit d Sabine versunne. Der Arm i ihrem Rügge löst sech, der Franz rütscht dänne u haagglet der Rucksack zueche. Es isch verby.

Mit heissem Gaffee us der Thermosfläsche probiert si di Chelti z vertrybe, wo si itz plötzlech wider gspürt. Me sött doch meine, si syg alt gnue, für nid grad alls usezlafere, was ere düre Sinn geit.

„Bisch di gröjig?" fragt der Franz ab em Abeloufe.

„Nei, es isch schön gsi. Aber i bi würklech nüt wärt. Dä Hoger het mi fasch umbracht."

„Das söttisch der nid so z Härze näh, du graaggisch de scho wider zgrächtem zwäg. Bisch halt wyt usse gsi. Eigetlech müesst me mi bim Grind näh, i hätt di nid sölle dert ufejage, i hätt ja gwüsst, wi gääi dass es obsigeit."

*

„Mir hei im Chindsch es Meitli, das heisst Erika. Das seit nüt."

„Chan es nid rede, oder was isch mit ihm? Isch es chrank?"

„I weis es nid. Es seit eifach nüt."

„Vilicht gfallt's ihm nid bi öich."

„Momol, es gfallt ihm, es het glachet, won i's gfragt ha."

„De muesch halt no chly Geduld ha. Das Erika wird de ds Muul scho uftue. Vilicht isch's es Schüüchs."

„Das isch nid schüüch. Es het em Chlöisi eis ufe Schmökker zwickt."

Abgseh vo den erstuunlechschten Usdrück bringt d Rahel jede Tag zwo, drei verwunderlechi Gschichte hei. Aber das Attentat vo der stummen Erika uf Chlöisis Nase isch zimlech dick, wo doch der Chlöisi dä isch, wo d Rahel vilicht einisch hüratet.

Er wott Buur oder Pfarer wärde, er isch no nid sicher, aber si nimmt ne nume, wenn er Buur wird. Schliesslech het si scho zwöimal chönne mit em Traktor nachefahre, wo der Fritz u der Franz Strouballen ufgleit hei. Die Kunscht het si de nid vergäbe glehrt, un e Pfarer het ke Traktor.

Nächär isch da no d Hildegard, wo sächs Zeejeli het a eim Fuess, u d Kathrin mit de junge Büüsseli u d Tanja, wo Gäld spart, für nes Ross z choufe. Si het scho vil, für ne Bürschte längt's scho.

Sit dreine Wuche geit d Rahel itz i Chindergarte, e wichtigeri Sach isch no nie passiert, sit dass d Wält besteit. Jede Morge u zwöimal am Namittag marschiert si stolz dervo, ds Znüünitäschli vo der Gotten umghänkt, e Stei, e Blueme, es Zweigli oder süsch e Koschtbarkeit i der Fuuscht für d Frou Meier. „Frou müesse mer säge, Fröilein het si nid so gärn."

Der ganz Lerchehag mues teilnäh a denen unerhörten Erläbnis.

„Um die muesch der afe keini Sorge mache, die chunnt ring dür ds Läbe", het d Sibyl eismal gseit. „Die chunnt der einisch mit eim derhär u seit, dä nähm si, u du chasch nume no ja und Amen säge. Un är wahrschynlech ou." D Sabine gloubt das o, wi lenger wi meh.

Wo si vo der Alp heicho isch, sy d Buebe fasch usgraschtet u hei sech nümm wöllen erhole, dass das Mueti wider da isch. Der Rahel ihri Begrüessig isch weniger überschwänglech gsi.

„Es isch guet, dass de wider da bisch. D Sibyl het em Matti di faltsche Hosen aagleit. Si git sech alli Müei, aber si weis halt nid so Bscheid. Wär ou z vil verlangt." D Sibyl het's fasch gchrüselet ab däm tröschtleche Zuespruch. Es sygi haargenau ihri eigete Wort, het si gseit. D Sabine isch nid derzuecho, lang u breit a ihrne Ferie umezstudiere, d Chind hei se grad voll in Aaspruch gnoh. Bsunders der Matthias isch ere di erschti Wuche bständig under de Füess gsi. Zur Sibyl het er gar nümm wölle. Wahrschynlech het er Angscht gha, ds Mueti gang wider.

Es isch schön gsi heizcho, d Sabine isch no gäng ganz grüert vo däm härzlechen Empfang. D Chind hei uf der Terasse uf se gwartet. Wo si zuechegfahre sy, het d Rahel öppis gfuchtlet, si sy zum Bänkli gstürzt, u jedes het es Buggeeli ergriffe.

U nächär sy si cho z hagle u hei re di Blueme etgägegstreckt. Es het es Gschrei un es Drück gä, jedes het am neechschte wölle by re sy. Der Sabine sy natürlech d Träne cho, ds schlächte Gwüsse het sech wider gmäldet.

D Rosmarie isch mit eme Gugelhopf derhärcho, si het gstrahlet über ds ganze Gsicht. Vom Stall här isch der Fritz cho z trappe, es het ihm d Mulegge usenanderzoge bis fasch zu den Ohre hindere.

Der Sibyl ihre chreftig Händedruck het ere warmgmacht bis yne. Die Hand isch sech gwanet zuezpacke, u me weis, dass me ghalten isch. „Mir hei di vermisst." Süsch het d Sibyl nüt gseit, aber d Sabine het weichi Chnöi übercho.

U wo no der Tedu isch cho z tschalpe, gschwanzet u se paarmal gmüpft het mit syr grosse Schnouze, het es se volländs überno.

Si het müesse uf ds Bänkli hocke. D Chind hei enand überbrüelet vor Ufregig, jedes het di spannendschti Gschicht gwüsst.

A der Hustür isch es Plakat ghanget: GOTTWILCHE!

D Sabine het gmeint, settigi Usdrück bruuch sit em Gotthälf niemer meh. D Buechstabe het d Rosmarie vorzeichnet, d Chind hei sen aagfärbt, u d Sibyl het d Girlande drum bygstüüret.

Zum Znacht sy si alli im Burehuus yglade gsi. D Chind hei tschäderet wi d Spatze, d Röse het ei Sprutz umen

ander la flädere, u jede isch prompt vom Fritz abgschmät-
teret worde.

Der Franz het vergnüegt ar Pfyffe gniflet, und albenei-
nisch het d Sabine en ufmerksame Blick vo der Sibyl
ufgfange. I bi deheime, het si gäng wider dänkt.

Speter isch si e Stund i der Badwanne gläge; wenn ds
Wasser abgchaltet isch, het si mit em Zeeje der Hebel
glüpft u heisses usegla. Me sött vo Zyt zu Zyt echly ufe
sälbverständlech Komfort verzichte, de chönnt me ne
nächär wider richtig gniesse.

Wo si i ds Schlafzimmer isch u em Fred sys Bild uf em
Nachttischli gseh het, isch es kritisch worde. Wenn er itz
im Bett wär und uf se tät warte, mit usgstreckte Händ,
mit sym unwiderstehleche Lache … Si het sech zäme-
gnoh, het sech uf di gueti Stimmig vo vorhär konzen-
triert, sech a ihri Fröid gchlammeret. I bi deheim, o ohni
Fred. Si het d Füüscht gmacht u töif gschnuufet, dä Aabe
het nid mit Träne dörfe z Änd gah. Langsam het si sech
ihri Beherrschig erkämpft, bis si d Foto ohni nassi Ouge
het chönnen aaluege.

„I bi nid tschuld, dass d hindertsi druus bisch“, het si zu
däm fröhleche Gsicht gseit, bestimmt, fasch trotzig. „I
cha nüt derfür, i mues es numen usfrässe. U itz muesch
di halt dermit abfinde, dass i's uf my Art mache. I cha di
nid zrugghole, so gärn i das wett, drum mues i e Wäg
ohni di sueche. I ha ds Rächt uf mys eigete Läbe.“

Der Fred het unverdrosse wyterglachet, wi gäng, we si
sech eryferet het. „Du chasch scho, dir cha alls glych sy,
dir isch es wohl!“ het si toube gschnützt und isch i ds
Bett gschloffe.

Isch das öppis Wunderbars, so ne bequemi Matratze, so

nes molligs, fäderliechts Dachbett. Wohlig het si sech gstreckt, chly gsperzt, sech i ds Duvet yglyret u het gspürt, wi sech ihri Hochstimmig süferli wider usbreitet. Si isch ygschlafe mit em guete Gfüel, si heig e wichtige Schritt gmacht.

*

E Wuche druf isch d Sonja cho. Eifach dagstande, ohni Voraamäldig, wi früecher. Si isch gäng so überfallmässig uftoucht. Zersch isch alls chly verchrampft abgloffe. D Sonja het betont unbekümmeret u z lut gredt. Wi si scho lang es miserabels Gwüsse heig, scho ewig hätt si wölle cho, u d Zyt göng so schnäll verby. U wi das gäng es Gstürm syg im Büro, u wi men am Aabe mängisch gar nüt meh mög undernäh.

Aber itz heig si sech du doch afen e Ruck müesse gä u der Rahel ds Chindergartetäschli bringe, das wär de würklech e Schand, we si ohni müesst gah, wül d Gotte so nes Huen syg.

D Sabine het gmerkt, dass si numen ihri Verlägeheit wott überspile. Si het sen ynegheisse und afe mal es Gaffee gmacht. Es Gaffee isch e Nothälfer i vilne Läbeslage. Scho unzählegi Stunde hei si zwo mit eme Tassli vor sech verchlapperet.

Dasmal isch es nid gsi wi süsch. Si hei beidi nid rächt gwüsst, was säge. D Sabine het aagfange, vo der Alp z verzelle, das isch einigermasse es unverfänglechs Thema. D Sonja het geischtesabwäsend im Tassli grüert u schliesslech vorsichtig gfragt: „Wi geit's der eso?"

„Grad itz geit's mer rächt guet, i weis nume nid wi lang.

I probiere mi halt dermit abzfinde, es blybt mer ja nüt anders übrig, aber es isch nid liecht."

„I ha nid gwüsst, öb's der rächt isch, wenn i chume", het d Sonja nach ere länge Pouse fürebrösmet. „Du bisch so komisch gsi a der Beärdigung, wi nes Gspängscht. Du hesch drygluegt, wi we di alls nüt meh aagieng, wi we de vo niemerem öppis wettsch wüsse, so unnahbar hesch usgseh, so unheimlech unbeteiliget, eifach gspängsch-tisch."

„Ja. Es isch alls abgloffe wi ne Film, es isch mer gar nid richtig yne. I ha funktioniert wi nen Outomat, u glychzytig han i mi vor däm Momänt gförchtet, won i erwachen us däm Alptroum. U das Erwachen isch alls anderen als luschtig gsi. We mer Lybuguets nid ghulfe hätte, wüsst i nid, wi das usecho wär mit mer."

„I ha das äbe ghört, dass si der hei ghulfe bim Zügle, süsch wär i natürlech scho cho. Aber i bi froh gsi, i mues es zuegä, i bi halt e jämmerleche Feigling i dere Hin-sicht. I ha gäng wölle cho, bestimmt, oder wenigschtens aalüte, aber i ha eifach nid gwüsst, was säge, versteisch, i ha ja nid no alls wölle schlimmer mache.

I ha eifach nid gwüsst, was i söll ..." Si het hilflos gschwige.

„Du bisch nid di einzigi. Es het mi scho möge. I bi mer vorcho wi ussätzig. Einisch han i mit em Fritz drüber gredt, er het mer chly chönne hälfe, si hei das ähnlech erläbt.

Aber itz bisch cho, u das fröit mi. I möcht nid über Freds Tod rede, es macht mi gäng no fertig, un i mues chly Sorg ha zu myr Chraft, das han i afe glehrt. I bi ja nid eleini.

D Frou Chummer im Spycher u d Frou Lybuguet hei das
o düregmacht, u no chly schlimmer. Dene mues i nüt
verzelle, die wüsse, wi's isch."

„Wettisch wider zrugg? I d Stadt?"

„Am Aafang isch es furchtbar gsi, ha's fasch nid usghal-
te. Aber itz wett i nümm furt. Hie isch zwar alls ganz
anders, als i mer's gwanet bi. Aber i verdanke dene Lüt
so vil, i weis nid, was i gmacht hätt ohni die. Si hei mi
churzerhand i d Haslimatt gspediert, wo's mer het wöl-
len ushänke, I ha mi um nüt müesse kümmere, si hei für
alls gluegt.

D Sibyl het d Chind überno, der Fritz het mer der Rase
gmääit u d Blueme bschüttet, d Frou Chummer het mer e
riisige Bärg Wösch gflickt. I ha fasch grännet, won i das
gseh ha. U vo zale oder so wei si nüt ghöre, im Gägeteil,
si wärde no fasch toube, für die isch das alls sälbver-
ständlech.

I ha nes uverschämts Schwein gha, dass i bi dahärecho.
Das het alls no der Fred ygfädlet …

Irgend einisch isch de alls hinder mer, i gloube, i chume
scho düre. U du, was machsch für Sprüng? Was hesch
itz grad für eine?"

Es isch ihres alte Witzli, si müesse beidi chly lache.

D Sonja isch e lockere Vogel, flatteret vo eir Beziehig
zur andere, haltet's mit keim lang uus. Si isch ewig uf
der Suechi nach em ideale Partner, ohni z merke, dass si
o nid grad d Troumfrou isch vo jedem. Der Fred het scho
nid unrächt gha, si isch chly überspannt. Scho nume,
wi si derhärchunnt. Geng nach em letschte Schrei aa-
gleit, un es Make-up wi füre Loufstäg. U vo allem gäng
grad es Ideeli meh als unbedingt nötig. Momol, e liechte

Dachschade het si ohni Zwyfel, aber d Sabine ma se glych guet.

„Er isch mer no nid begägnet, my Supermaa, aber einisch louft er mer i d Finger, u de packen i zue, das gibe der schriftlech."

Si hei wider glachet, u nächär het ere d Sabine d Wonig zeigt u ds Gärtli, wo itz blüeit, dass es e Pracht isch. Der Nachtschatte kennt d Sabine underdessen o, gseht ganz harmlos uus. Schön heigi si's, het d Sonja gmeint, für Ferien uf em Land, zrügg zur Natur, aber für si wär's nüt, z abgläge, z längwylig.

„Längwylig isch guet! Du hesch ke Ahnig, was mir scho für Aabetüür erläbt hei."

Me het e Traktor ghört zuechefahre, u druf sy si cho z renne. Wi d Ölgötze sy si zersch under der Tür gstande, nächär sy d Bueben uf se los. „Gotte Sonja, Gotte Sonja, chumm myni Chüngeli cho luege, hesch ds chlyne Chälbli scho gseh, mir sy mit em Franz der Traktor ga flicke i d Schmitte, chasch du Traktorfahre, Gotte Sonja?" D Rahel isch dernäbe gstande, het uf ne Pouse gwartet i däm Trubel u de zum Beschte gä: „Es isch guet, dass d einisch chunnsch, der Tedu het di no gar nie gseh."

D Sonja het glachet u der Matthias uf d Schooss gnoh. Aber dä het zablet u gchrääit: „Chumm zum Fitz u zum Fanz! Chumm zum Fitz u zum Fanz!"

Si het se nid lang la bättle und isch mit ne der Schüür zue.

Wo si nach eme Zytli zruggcho isch, het si pfiffig zwinkeret u gmeint, der jünger Buur chönnt se itz o no motiviere, si heig scho gäng es Faible gha für so stämmigi Naturbursche.

Usgrächnet! Stögelet mit ihrne Bleistiftabsätz über d Bsetzi, wädelet mit em z höch ufegschlitzte Röckli u schwärmt für Naturbursche. D Sabine isch fasch sälber erchlüpft, wo si sech het ghöre fuuche: „Finger wäg vom Franz, süsch überchunnsch es mit mir z tüe. Dä isch es anders Kaliber als dyni Schläckstängle, dä lasch i Rue!"
„He he, was isch mit dir los? Tue doch nid so aggressiv!"
D Sonja het ganz verdatteret dryglueget.

„Aggressiv oder nid, der Franz het scho einisch Päch gha mit ere Frou, es isch nid nötig, dass du ne o no versolisch!" het d Sabine zischt.
„Tschuldigung, i wett da niemerem i d Queri cho."
„Stürm doch nid so blöd!"
Si hei's zwar du i ds Lächerleche zoge, aber e liechti Verstimmig isch blibe. D Sonja het der Rahel no ds Päckli mit em Täschli gä, nächär isch si gange.
Bim Znacht het d Rahel plötzlech gseit: „D Gotte Sonja hätt em Franz nid müesse säge, si syg schön aagleit, dä gseht das sälber."
„Das mues me em Franz ömel nid säge, dä gseht das doch sälber. Er het's o gseit", het si nachedopplet. „Är syg nid blind." „Was het der Franz gseit?"
„Eh, geschter han i doch gseit: 'Franz, hesch gseh, ds Mueti het es nöis Blusli anne, gäll das isch schön!' Da het er gseit: 'Ja, i ha das scho lang gseh, i bi nid blind!'"
Die Gäxnase, di verflixti! D Sabine isch gloub wöhler, wenn si nid alls weis, was das Meitli bi andere Lüt uselaferet.
„Guet, du pladerisch settigs Züüg, aber d Gotte Sonja macht das nid, i gloube dir das nid."
D Rahel isch beleidiget. „Sicher het si das gseit, i ha's

ganz guet ghört. Si het em Franz d Hand gä u het gseit: 'I bi di schöni Sonja.'"

Der Sabine geit es Liecht uuf. „Ah, so isch das. Si het sech vorgstellt! Dy Gotte heisst Sonja Schöni, so wi du Rahel Graf."

*

„Hütt stinkt mer der Chindsch, i chume lieber cho härdöpfele. Der Franz isch froh, wenn i fahre, süsch mues är. Er het gnue z tüe mit der Maschine u de Seck."

Das geit nid, itz pfyft es anders Vögeli, zersch chunnt der Chindergarte, baschta. Aber we doch d Rahel lieber wott ga fahre, i Chindsch cha si morn o no. Nüt isch, niemer cha gäng mache, win er wott, das mues d Rahel itz halt lehre.

D Sibyl, der Fritz u der Franz chöi o nid nume mache, was ne passt, u o d Frou Chummer u ds Mueti nid.

„Aber du chasch hütt ga härdöpfele, un i mues i Chindsch!"

Betupft isch si abzottlet, d Sabine het se dür ds ganze Strässli füre ghöre moffle. Gschei nüt Bösers, si cha de na der Schuel no cho, si sy ja nume grad ussen am Huus. D Sabine hilft hütt scho der dritt Namittag. Der Franz het d Chind mitgnoh für aazgrabe, u wo die i de höchschte Tön sy cho blagiere, wi si ufgläse u gschaffet u alls zwäggmacht heigi, isch si o übere. We me se für öppis chönn bruuche, chäm si o gärn cho hälfe. Uf all Fäll chönn me se bruuche, eis meh uf der Maschine wär cheibisch gäbig. Am eis gang's los.

„Hesch keini Gummihändsche?" het d Sibyl gfragt, wo

si pünktlech aaträtte sy. Klar het si Händsche, aber si het gmeint, es gsei blöd uus.

„Was ächt no. Es isch nid wichtig, was für ne Falle machsch, es isch wichtig, dass de d Händ nid vercheibisch."

Di Härdöpfelärn geit zwar maschinell, aber si isch aasträngend. Me steit uf eme Riisegrageel mit Grabschufle, Transportrad u Förderbänder, es gyxet, rasslet, chlepft u schüttlet.

Ha cha me sech niene, me bruucht beidi Händ. Es het drü Bänder. Theoretisch chömen uf de beiden ussere Härd u chlyni Härdöpfel, uf em breite mittlere Band di grosse. Aber d Maschine sortiert nume grob.

D Sabine steit näb em Fritz, dert, wo der Härd chunnt. Si hei z tüe. Si müesse Härdchnolle, Steine u Gjättstude useläse us de Grosse u gäng no di Härdöpfel fürerstische, wo sech uf ihres Band verirrt hei. Uf der andere Syte stöh d Sibyl, der Wächter Ruedi u d Frou Scheidegger. Die chöme scho mängs Jahr zu Lybuguets cho taglöhnere.

Em Wächter Ruedi hanget e chalte Stumpe im Mulegge, d Sabine het ne no nid mängs Wort ghöre säge. D Frou Scheidegger hingäge laferet pouselos, mängisch nid grad gschyd u mängisch zimli fräch. Guet, dass me nid alls versteit bi däm Lärme.

Geschter u vorgeschter isch d Rahel mit em Traktor gfahre, d Sabine het gstuunet, wi die en Usduur het. Es isch nid gfährlech, fahrt im langsamschte Gang, der Traktor mues eifach grad der Fure naa. So het der Franz freji Hand für alls, wo süsch nötig isch. Er wott nid eifach der Rahel e Fröid mache, nei, er isch richtig froh um di Hilf.

So chan er d Söihärdöpfel absacke, um d Maschine loufe u luege, löse, wenn's es Ghüürsch git, u das alls ohni, dass me mues stillha.

Hütt fahrt itz der Florian. Stolz wi ne Bereiter thronet er uf däm Ungetüm. Er syg no grad wohl chlyn, meint der Franz u löst ne zwüschyne für ne Rundi ab.

De schickt er di zwe Buebe mit eme Chesseli, für hinder der Maschine d Härdöpfel zämezläse, wo sy blybe lige. Es Zytli sy si feiechly flyssig, aber nächär chunnt der Tedu z joggle, u Chesseli u Härdöpfel chöi sy, wo si wei. Am Aafang hei si gchääret für o ufe Graber ufezcho, aber da git's nüt druus. Der Fritz het churz u bündig er- klärt, si syge no z chlyn, für sech e Finger la uszschrysse. Me mues scho ufpasse, d Sabine isch o scho blybe bhan- ge mit em Händsche. D Bänder loufe wyter, u si mache ke Unterschid zwüsche Chnollen u Finger.

D Sabine het itz en Ahnig übercho vo Fliessbandarbeit. Si isch albe heillos froh, dass es nach zwone Stund e Zvieripouse git, ihre bricht fasch der Rüggen abenand vom Verstelle, u si cha fasch ds Tassli nid ha, so lahm sy d Händ vo de schwäre Steine. Di andere gruchsen o, nume d Sibyl nid, dere macht alls nüt. Di Frou isch us Yse.

Hütt chunnt d Rahel derhär nach em Zvieri, i de Stifel, ds Kombi anne, tiptop. Es git churz e Schlacht zwüschen ihre und em Florian, wo sy Platz nid wott ruume. Da verfüegt der Franz, jedes dörf abwächsligswys e Rundi fahre, u ds andere müess uf em Sitzli näbedrann mitryte u luege, dass alls i der Ornig syg. Der Rahel passt's nid, si muulet halblut vor sech häre, aber schliesslech ergit si sech.

Am Aabe mues der Sabine niemer es Schlaflied singe nach so mene Tag. Si gheit wi ne Härdöpfelsack i ds Bett u schlaft düre. Ohni Wecker würd si gloub nid erwache.

*

D Chind rede sälte meh vom Fred, o ds Fridhöfli hinder em Wageschopf isch nümm aktuell. Es isch vom Hund vertschalpet, vo de Hüener verchrauet, d Chrüzli sy umgheit u verbroche.

Chürzlech het d Sabine wider einisch alli mitgnoh zum Grab. Es isch ja di einzigi sichtbari Verbindig, wo ne bliben isch. Aber es bedütet ne nüt meh. Si sy churz dervor gstande, nächär hei si aagfange umespringe u holeie.

Es isch zvil verlangt vo ne, we d Mueter sälber ke Beziehig het zu däm viereggige Plätzli. Drufabe het d Rahel zwar chly Ornig gmacht mit ihrne Grebli, aber lang het dä Yfer nid aaghalte.

D Sabine het itz afen e Grabstei bstellt, e Granitfindling mit ere chlyne Bronzetafele. So ne Schnickschnackstei würd nid zum Fred passe. Si het d Rosmarie gfragt, wo si am gschydschte häre söll, u die het sech ganz verwunderet, dass no niemer syg cho stürme. Si syg allwäg dür ds Netz gschlüffe, wül si so schnäll furtzüglet syg. Bi ihre u bi Lybuguets heige sech d Verträtter d Türfallen i d Hand gä, di Verstorbene syge chuum under em Bode gsi. Eine heig si gfragt, öb er das gschmackvoll findi, e Truurfamilie so churz nach der Beärdigung z beläschtige. Me hätt vorlöifig no anderi Sorge. Er heig zuegä, es syg ihm scho nid ganz wohl derby, aber er syg zwunge, so früech z cho, ds Gschäft mach der Frächscht. Das Glöif heig se halb stifelsinnig gmacht, si heig jede gspediert. Nächär syg si zumene junge Bildhouer im Nachberdorf, wo no kei Name gha heig. Itz syg er zimli bekannt, aber ds Budeli heig no nüt grosset u der Grind o nid.

D Sabine isch o zu däm. Er het se guet berate, het sofort gspürt, was si suecht, u re dä Felsmocke vorgschlage.

Der Florian het chürzlech im Fotoalbum bletteret. „Da sy mer mit em Vati ga wandere, da sy mer mit em Vati ga bade, da isch der Vati e Soldat, da isch er im Ligistuel." Er het's verzellt wi nes Märli, wi ne Gschicht us alte Zyte.

Der Matthias seit öppe no „das Vati", wenn er ds Bild uf em Nachttischli gseht. Aber es tönt, wi wenn er vo re Fabelgstalt tät rede, wo niemer meh so rächt dra gloubt.

Es deprimiert d Sabine, si wett ne d Erinnerig läbig erhalte, aber das het ke Sinn, d Ouge zueztue vor de Tatsache. Ihri Chind sy dranne, der Vatter z vergässe.

Bim Matthias isch es scho fasch sowyt, er bsinnt sech nümm rächt ane.

Chind vergässe schnäll, si weis das, und es isch ja guet, aber es tuet glych weh. Es isch itz füf Monet, und i dere Zyt isch unändlech vil gscheh. De Chind ihres Läbe zerfallt i zwe Teile, i eine vo früecher und eine vo hütt. Der Vati ghört i dä, wo verby isch.

Ihri Chind sy Halbwaise. Das isch truurig, aber meh für d Mueter. D Chind kümmere sech nid drum. Si vermisse nüt, si hei Bezugspärsone gnue. D Sibyl u der Fritz sy ne d Grosseltere, wo si nie gha hei, e feineri Tante als d Rosmarie müesst me wyt ga sueche, u der Franz …

D Sabine ma ne's gönne, dass si sech ohni gröseri Problem zrächtgfunde hei, si wott ja nume ds Beschte für se. Ihre blybt so vil erspart.

Im Block het's zwo alleinerziehendi Müetere gha, si het se nie benide. U glych, si chunnt sech hie so ygspuret vor, ine Richtig drängt, wo si vilicht gar nid häre wott. D Chind hei keni Frage, für die isch das ganz natürlech, aber si cha doch uf d Lengi nid alls so la gscheh. Es sy halt glych frömdi Lüt.

Wi dä Franz mit Chind cha umgah. Es isch richtig schad, dass er keni eigete het. Er het so ne sälbverständlechi Outorität, wo der Sabine chly fählt. Si het das scho meh als einisch feschtgstellt. Der Franz isch der Chef, der Aafüerer vom Rudel, u wird willig akzeptiert. Fertig.

Er het scho vil vo der Sibyl, die isch o so. Vilicht wird me so, wenn eim ds Schicksal däwäg traktiert, wenn's heisst, Vogel, friss oder stirb. Entweder me meischteret sys Los, oder me geit kabutt drann.

Was isch ächt denn schiefgange mit däm Meitli, das würd se würklech intressiere. Het d Sibyl d Finger drinn gha? Dere het sicher nid grad jedi passt für ihre einzig Suhn. Es isch gemein, so vo re z dänke. Aber weis der Gugger, d Sabine het der Rank no gäng nid gfunde mit ere, si isch ere gäng no chly unheimlech. Si cha di Blicke nid düte, wo si mängisch gspürt, nachdänklech, fasch forschend, wi we si sött taxiert wärde. Derzue chunnt no di beängschtigendi Tüechtigkeit. D Sibyl cha eifach alls. Si git nid hööch aa, das het si nid nötig, aber d Sabine merkt das glych bi jeder Glägeheit. Dass si sälber besser cha nääje als d Sibyl, isch e schwache Troscht, we's überhoupt stimmt. Vilicht seit si das nume, d Sabine würd sech nid verwundere. Si het ja ke Ahnig, was für

Gheimnis die no hüetet, so undurchsichtig, wi si män-
gisch isch. Wi würd si ächt reagiere, we d Sabine grad-
use tät frage, werum der Franz ke Frou heig? Nei danke,
sövel wyt wett si sech nid uf d Escht usela. Aber wunder
nähm es se scho. Vilicht isch es ganz simpel: Er het d Nase
voll vo der damaligen Enttüüschig u wott nüt meh vo
Froue wüsse. Überhoupt geit se das nüt aa, es isch sy Sach.
Das Rätsel löst sech de vo sälber.

D Sabine geit itz öppen übere ga frage, öb si öppis chönn
hälfe. Mit Härdöpfle sy si fertig; der Franz het gseit, so
rückig syg es sit Jahre nümme gange. Ds Wätter heig
zwar o ghulfe, aber dass er nümm heig müesse fahre, u
dass eis meh uf der Maschine gstande syg, heig me guet
möge gmerke. Mit ere settigen Equipe wär's ihm glych
gsi, no zäh Hektare meh usztue.

Die ungwahneti Arbeit het d Sabine rächt gschluuchet.
Si isch albe so uf de Fälge gsi, dass si gar nümm het
mögen abwehre, we d Sibyl gseit het, si sölle grad alli
übere cho Znacht ässe. Aber trotz em Chrampf isch d
Sabine froh, dass si gangen isch. Si het richtig ds Gfüel
übercho, si syg für öppis da, u si het chönne schlafe u
weniger Zyt gha, für z studiere. Es geit ere itz o besser.
Es het se gröit, wo si sy fertig gsi.

Si hei re wölle der Lohn gä wi den andere zwöi, aber das
het si nid aagnoh, da wär si sech schön blöd vorcho.

Si hei nid druff beharet, aber si geit sider nie meh mit
lääre Händ hei, we si dänen öppis gmacht het. O zwüsch-
yne findet si hie und da e Chabischopf, e Bund Rüebli,
paar Eier uf der Stäge.

*

138

Hütt hilft d Sabine zwe Chörb voll Bohne rüschte für z deere. D Sibyl redt nid vil, wi meischtens, aber plötzlech seit si: „Es isch nid, dass es mer zwider wär, aber i bi nümm zwänzgi, u mängisch hänkt mer doch afen alls echly aa. Anderi Büürine i mym Alter hei Schwigertöchtere u chöi aafa zruggstah. Ds Rösi springt mer ja zwäg, won es cha, es isch es Guets.

Aber i wett ihm nid meh uflade, als ihm müglech isch. Es het's scho so nid liecht. Drum bin i ehrlech froh um dy Hilf. I meine das eso, i lafere nid nume, dass öppis gseit isch. I ha mängisch gstucket mit em Franz, aber i ha nüt an ihm abbrunge. Er git nid nah, u zu syne Bedingige chunnt ihm allwäg scho keni, das hätt i wahrschynlech als jung o nid gmacht."

Si macht e Pouse. Erwartet si, dass d Sabinen öppis seit?

„Wo chlemmt's de?" fragt si ändtlech.

D Sibyl hänkt sofort wider y: „Sy Stieregrind chunnt ihm i ds Gheeg. Ds Rösi het der ja z wüsse ta, wi das bi üs e Sach gsi isch. Wo Hansueli gstorben isch, han i e Zytlang müessen Angscht ha, der Franz chöm i ds glyche Fahrwasser, so het's nen erhudlet. Aber es het der Peter gnoh.

Lybuguets hei di Schwärmuet im Bluet. Hütt seit me ‚depressiv veranlagt', aber das isch so ne modernen Allerwältsusdruck, wo alls cha bedüte u nüt seit. Depression, das isch wüsseschaftlech, medizinisch. Das Wort erklärt öppis, wo nid z erklären isch. I ha dotzewys Büecher gläse, denn wo der Peter o no … Me cha niene der Finger drufha.

So ne Schwärmuet cha jahrelang imen Egge wachse u

blüeie, ohni Schaden aazrichte, aber we si überhand
nimmt …"

Nachtschatte, dänkt d Sabine.

„Sowyt me di Familie cha zruggverfolge, isch i jeder
Generation eine i zimli junge Jahre uf ne dubiosi Art
dännecho. I Bach gheit, bim Holze under ne Tanne cho,
ungfelig mit eme Mässer gfäliert, über ne Flue uus. Me
het vo Unglück gredt, we men überhoupt dervo gredt
het. Cha sy … aber nach Hansueli u Peter isch mer der
Gloube a sövel Ungfell vergange.
Ds Gmüet isch ne schwär worde, gäng schwärer, bis si
ds Läbe nümm ertreit hei. Schwärmuet, e schwäre Muet,
wo eim acheziet, bis es nümm wyter geit. U usgrächnet e
Familie mit em Name Lybuguet isch gschlage mit däm
Verhängnis, Leib und Gut. Lybs halber hei si sech weis
Gott nie gha z erchlage. Alls grossi, aaschoulechi Man-
ne, gsund u starch. Und a Guet het's nen ou nie gmang-
let. Es sy Bure, wi si im Büechli stöh, tüechtig, ufgschlos-
se. Waghalsig sy si nid, jedes Risiko wird sorgfältig
abgwoge. Si hei gäng guet buret u gäng guet ghürate.
Vil zuechechehre het eini nid müesse, aber wärchig u
huslig het si müesse sy, dass si d Sach cha binenandbhal-
te. Uf das isch gluegt worde. U keni het gwüsst, was ere
wartet."

D Sabine rüschtet, rüschtet, rüschtet. Si weis nid, söll si
schwyge oder rede. Schliesslech wird ere d Stilli z läng,
z unheimlech. „I hätt Angscht, der Fritz chönnt o … oder
der Franz …" Si bricht hilflos ab.

Der Sibyl ihres Mässer blybt chly stah i der Luft, si
überleit. Nächär nimmt si der Fade wider uuf: „Das
muesch i ds Läbe yboue, es ghört derzue, du chasch es

140

nid ändere. Dänksch o nid Tag u Nacht dra. Es git Zyte, da isch alls fasch normal. Aber ertrünne chasch ihm nid. Undereinisch überfallt's di wider. Du weisch es jedi Minute, ou wenn's der nid gäng bewusst isch. Es isch eifach da, du treisch es mit der ume."

D Sabine cha sech nid vorstelle, wi ne Mönsch das us-haltet, wi me so cha läbe.

„Zersch böimelisch u pängglisch der Chopf uuf wi nes Ross, wo ds Gschiir wott abschüttle. Aber du chasch nid usschlüüffe. Wi herter dass di wehrsch, wi erger drückt di dä Chomet.

Bis de willig wirsch, stillzha u di z ergä.

U zum voruus angschte het kei Wärt, es chunnt, wi's mues."

D Sabine het einisch es türkisches Sprichwort gläse: „Gott legt seine Bürden auf die stärksten Schultern." Itz be-gryfft si's. D Sibyl weis nid, öb me das eso cha säge. Nach ihrer Meinig müessen alli öppe glychvil lyde, u wär kei schwäri Lascht het z chrääze, lat sech halt vore liechte z Bode drücke. Der Mönsch bruucht ds Leid, süsch git's nüt us ihm. Aber eigetlech het si nid vo däm allem wölle rede.

Momol, si het genau sövel verzellt, wi si het wölle, das Gfüel wird d Sabine nid los. Was Guggers bezwäckt si ächt dermit?

„Der Franz het schwär treit a däm allem", fahrt d Sibyl ändtlech wyter. „I ha gseh, wi's mit ihm husaschtet, aber i han ihm nid chönne hälfe. Ha ja mit mir sälber gnue z tüe gha, derzue isch er mer gäng grad dervoglüffe, wenn i öppis gseit ha. Er het denn Bekanntschaft gha, es flotts Meitschi, hätt zuen ihm passt wi für ne gmacht. Es isch o

141

zuen ihm gstande, wo das mit em Peter passiert isch u si im ganze Biet d Müüler gschüttlet hei über is. Es anders hätt gseit, blas mer, i chume nid ine settegi Zueversicht yche. Der Franz het sech erstuunlech gleitig wider ufgfange, er isch fasch ringer drüber ewäggcho als denn bim Vatter, wenigschtens üsserlech. Wi's innefür usgseht, weis me nid, o wenn men e Mönsch guet kennt. I gloube, das Theres het ihm vil ghulfe.

Nach paarne Wuche het er däm Meitschi erklärt, Chind chömi für ihn nid i Frag, er wöll der Lybuguet-Fluech nid ou no wytervererbe. Einisch mües öpper Schluss mache, süsch gang das i alli Ewigkeit so wyter. Ds Theres het ne probiert umzstimme, si hei no feiechly lang zäme zoge. Aber was er i sym Schädel het, blybt drinne, dertdüre isch er en ächte Lybuguet. Schliesslech het's ihm der Abschid gä.

Me mues das verstah, für ne jungi, gsundi Frou isch das e Zuemuetig. Es het mi groue, verflüemeret groue, un es düecht mi ou verwäge, der Natur so i d Speiche z recke. Aber i ha mi nid ygmischt, es isch ihri Sach gsi. Ha ghoffet, er findi speter eini, won ihm druf ystygt, me weis ja nie.

Drum bin i äbe froh, we mer albeneinisch a d Hand geisch, o we de vilicht meinsch, es syg nüt Grosses. So. Itz weisch es."

Ja, itz weis si's, aber werum ere d Sibyl das alls verzellt het, isch ere nid klar. Si isch e Frömdi, das geit sen alls nüt aa, u si het der Verdacht, d Sibyl heig ere das ganz bewusst wölle säge. Aber werum? Di Kontrollblicke zwüschyne, wi si ächt uf di Gschicht wöll reagiere, sy re nid etgange.

142

Itz gspürt si o wider eine, si sött gloub öppis säge.

„Het er's de nie mit eren andere probiert? Da wär doch sicher eini gsi z finde, wo ne verstande hätt."

„Er het gar nid gsuecht. Di einti oder anderi hätt sech scho underzoge, aber es isch ihm nid drum gsi."

„Vilicht het er d Enttüüschig nie verwärchet, di grossi Liebi vergisst me doch nie."

„Das wär o sünd u schad, we me das miech. Aber zur Liebi isch der Mönsch gäng früsch ume fähig, solang er läbt. Me darf nume nid i der nöie di vergangeni wölle sueche, jedi isch wider ganz anders.

I ha gäng öppe um d Stude gschlage, aber er het sech dumm gstellt. Bis ihm einisch ds Mässer zgrächtem zue-chegla un ihm d Wunderligi fürgha ha. Es wärd doch gwüss amen Ort eini gä, wo guet gnue syg für ihn. Das gloub är o, het er gmeint, aber är mög gwarte. Einisch louf ihm de di Richtegi übere Wäg, u denn gryf er de zue, aber bis dahii möcht er sy Rue ha. Er isch unabhärd-lig, wenn er öppis beschlosse het, un er lat sech vo nüt abbringe, won er sech i Chopf gsetzt het."

Genau wi du, dänkt d Sabine.

Nach eme Zytli fat d Sibyl wider aa: „Der Franz konzen-triert sech sider ganz ufe Bruef, macht Kürs, list vil, er isch e guete Buur. Er het d Lehrjahr gmacht u d Schuele, o we's gar nid eso dänkt gsi wär, dass er wyterfahrt, er isch ja der elter."

„Was hätt er de wölle?"

„I weis nid, was er für Plän gha hätt, einisch het er vom Buretechnikum gredt. I ha du nümm gfragt, es het ja o nüt meh gä z wärweise. Er het sech halt dernah müesse richte.

Es het ne veränderet. I wett nid säge, er syg e Sonderling worde, aber en eigete isch er. Er weis, was er wott, u das zwängt er meischtens o düre. Wäge däm Paris mues i afe bal lache, gwüss zäche Jahr geit er itz scho Früelig für Früelig e Wuche dert use. Me chönnt meine, es sött ihm langsam verleide, aber er hanget eifach a der Sima."

So so. Der Franz het also z Paris e Sima, scho zäh Jahr lang. Das mues allwäg on en eigeti sy, süsch würd si das nid mitmache. Jede Früelig e Wuche u nächär tschou, bis zum nächschte Jahr. Si wärden enand schrybe, un es git ja Telefon, aber d Sabine cha sech so nes Verhältnis schlächt vorstelle.

Sima. Tönt no apartig, frömdländisch, französisch isch das ömel nid. Es chönnt ehnder en Arabere sy, vilicht vo Marokko oder vo Tunesie. Eini mit Kurven a de richtigen Ort, mit guldbruuner Hut u Gluetouge. Cha si ächt buuchtanze?

Hm. Der Franz, wo ire schummerige Kaschemme hokket u mit gstileten Ouge uf ds Podium stuunet, das isch en überraschendi Vorstelig.

„Kennsch du se?"

„D Sima? Nei, i bi no nie mit. Wenn i grad söll ehrlech sy, bsunderbar intressiert's mi nid. Es isch öppe dürhar ds Glyche, i mues nid uf Paris für das."

Itz wird d Sabinen ändgültig nümm schlau us dere Frou. Das git's doch eifach nid, dass sech e Mueter nid derfür intressiert, mit was für eire sech ihres Guldstück umetrybt. Si het das so chüel, so unbeteiliget gseit. Es isch ere glych, das isch dere tatsächlech wurscht. Dryrede lat er sech sicher nid, das isch klar, u si würd's o nid mache a Sibyls Platz, aber glych wär's ere nid, uf gar ke Fall.

si chöm eifach nid derzue. Si gsei scho Chüttene a allne Wänd obe. Ds Böimli syg hüür graglet voll, si heig scho im halbe Dorf ghusiert, aber es heig gäng no es Harassli voll. La kabuttgeh wett si se lieber nid, si täte se de doch röie. U me chönnt es paar Gleser voll i ds Oberland bringe. Der Ferdinand schläck sech d Finger bis a d Ellböge hindere für Chüttenegelee, ds Heidi heig's de meh mit der Konfitüre.

D Sabine het zersch nid gwüsst, vo was d Red isch, si het bis itz gäng Quitte gscit.

Zum erschte Mal isch d Sibyl sälber um öppis cho frage, süsch isch d Sabine gäng vo sich uus übere. Und usgrächnet dasmal hätt si müesse bychte, si wüss nid, wi me das machi. Zum Glück het d Frou Chummer grad d Wösch bracht. Si tuet itz der Sabine mängisch chly glette u flicke, das syg öppis, wo si guet chönn. De heig si minder ds Gfüel, si syg für nüt uf der Wält. D Sabine het ere derfür scho nes Jupe gnäit, und itz isch si amene Rock. Si söll das gsorget's gä, het d Rosmarie zur Sibyl gseit, si zwo übernähmi dä Fall.

Si isch eifach e Herrlechi, so öppis Unkomplizierts tuet eim richtig wohl zwüschyne. D Sabine het sech a ihri diräkti Art gwanet u scho lang keni Hemmige meh. Si geit fasch lieber zu ihre als zur Sibyl, we si öppis mues frage.

D Röse het ere scho paarmal us der Chlemmi ghulfe.

Itz hocket si am Chuchitisch uf zwöine Chüssi, dass si höch gnue isch, u schnätzlet fyni Schnitzli us de gälbe, steiherte Frücht, wo d Sabine grüschtet u verschnitte het. Ihri Händ sy feiechly chreftig, nume cha si d Arme nümm guet lüpfe wäge de lahme Achsle. Si mach's no nach der alte Mode, het si der Sabinen erklärt. Es syg umständlech u gäb z tüe, aber si heig no nüt Kumoders usegfunde. Aber we me rächt Sache wöll, müess men öppis derfür tue, das syg gäng eso gsi. D Sabine kennt weder e kumodi no ne anderi Methode u lat sech bereitwillig Uskunft la gä. Mängisch dänkt si, si heig i däm halbe Jahr im Lerchehag meh glehrt als im ganze bishärige Läbe.

Also, ds Fruchtfleisch wird fyn gschnitte, gschwellt u dür ds Passevite gla. Us däm Brei git's Konfitüre. D Schale u d Chärnehüser chochet me mit Wasser uuf, sibet das Züüg suber, u der Saft lat me chalte, süsch wird der Gelee trüeb. Nächär nimmt me glychvil Zucker wi Saft u tuet es guets Geliermittel derzue, süsch wird di Sach nie dick. Das syg halt no alls nach der alten Art, meint d Röse, us ere Zyt, wo men alls u jedes z Ehre zoge u nüt heig la vercho. Si syg sech eso gwanet u stell sech nümm um uf ihri alte Tage.

D Sabine kennt di alti Art, si wird im Lerchehag nid nume bi der Konfitüre praktiziert. Am Aafang het si einisch, ohni vil z dänke, Brot ufe Mischt gschosse. Der Fritz isch nächär zue re cho u het gseit, si söll ihm albe d Broträschte gä, me chönn die de Chüngle fuere oder em Hund e Broche mache.

U wenn er scho grad vo däm aagfange heig, si söll d Härdöpfelschindti u ds Abzüüg vom Gmües i ds Fuetertenn gheie, d Chüe nähmi das gärn. Er het's ganz nätt gseit, ohni der chlynscht Vorwurf i der Stimm, aber si het sech's wider mal z fescht z Härze gnoh. Em Fred hätt das weniger gmacht, er hätt höchschtens gseit, für das heigi si ja Müler, dass si eim settigs chönni säge.

Lybuguets ihri Gschicht geit ere gäng wider düre Chopf. Leib und Gut. Si sötte gschyder Leib und Seele heisse, de chäm's ne vilicht albeneinisch i Sinn, o chly zur Seel z luege, nid nume zum Guet.

Mängisch dänki si, teil Näme heigen e spezielli Bedütig für die, wo se tragi, es düech se, die Lüt müessi fasch so heisse, seit si zur Röse. U bi andere passi der Name wi ne Fuuscht uf ds Oug.

Ja, da syg si grad es Byspil für beides, meint disi. Früecher syg ere würklech Chummer über Chummer ufglade worde, bis si fasch i d Chnöi syg. U wi si de gsperzt u drygschlage u sech gwehrt heig! Aber itz hoffi si doch, si syg afe chly vernünftiger worde. Si heig sech ergä u trag ihri Burdi, u sider chönn si em Läbe wider mängi gfröiti Syte abgwinne. Eigetlech möcht si itz Freudiger heisse, das passti besser, aber e Name chönn me halt nid ablege wi ne verhudlete Strumpf.

Der Sabine chunnt der Wächter Ruedi i Sinn, wo het ghulfe härdöpfle. Dä chönnt o ke passendere Name ha.

„Da hesch rächt", lachet d Rosmarie. „Dä tröölt sy Sargnagel im Muulegge hin u här, bis er usgseht wi ne verchätschete Chalberhälslig, u seit weni u nüt für ne Batze. Aber syni Öigli het er a allnen Orte, däm etgeit nüt. U ds Scherteleib Emmi chasch o no grad i di Chrääze tue. Das seit em Ruedi sy Sach o, u no ne Huuffe derzue. Schwert am Leib. Das Emmi isch kes Leids, un es isch nid alls so bös gmeint, wi nes tönt, aber es het e Zunge wi nes Mässer."

Der Sabine isch no öppis anders ufgfalle. Fred, Franz, Fritz, Ferdinand, die fö alli glych aa. Vilicht bedütet's nüt, aber es isch glych luschtig.

149

„Me cha nid vo allem wüsse, was es bedütet", seit d Röse u macht Schnitz um Schnitzli. „Fründ fat ou so aa."

Das wär itz der Sabine nid i Sinn cho, aber es chönnt öppis dranne sy. Ihre Vatter het Fortunat gheisse. Er het nume gfluechet über di sturmi Idee vo syr Mueter u het sech Aschi gnennt, aber e Fründ isch er gsi. U hoffetlech git's us em Florian o einisch e Maa, wo me gärn mit ihm befründet isch. Itz grad tönt's nid fründschaftlech.

Es wüeschts Gschrei chunnt neecher, en Ougeblick speter stöh si i der Chuchi.

„Um's Gottswille, Matthias, wi gsehsch du uus!"

„Foli mi müpft", möögget dä u rybt sech der Dräck us den Ouge.

„Dä het mi mit em Stäcke ghoue, dä darf das nid. Der Franz het gseit, me dörf nid dryschla mit em Stäcke", hoopet der Florian, u beidi horne zum Erbarme.

„Wo het er di häregmüpft?"

„I d Mischlü-hü-hüdele. Uu-hu-huu!"

„I d Mischtlüdere, i d Glungge bim Mischt", souffliert d Frou Chummer u verbysst ds Lache.

D Sabine würd am liebschte hälfe hüüle. Wi dä Bueb drygseht, überzoge mit Dräck, u dä Gstank!

„Das sy itz halt d Schattsyte vom Landläbe", philosophiert d Frou Chummer. „Stell ne i d Badwanne u sprütz nen ab, a chly Bschütti isch no kene gstorbe."

D Sabine benydet di Frou um ihri Seelerue, si chönnt der Dili nah bi settige Glägeheite. Si bysst uf d Zähn u bugsiert dä Pächvogel i ds Bad. Si rüert ne nid grad mit Samethändschen aa, un er bäägget, was er zum Hals usbringt, wo si ne samt de Chleider duschet. Söll er brüele. Mängisch isch di Bruet em Tüüfel us der Hutte gumpet.

150

Wo d Rahel us em Chindergarte chunnt, verzellt ere der Florian di schrecklechi Gschicht, halb empört, halb schadefröidig, u der Matthias sekundiert schuldbewusst: „Nid houe mit Stäcke, Fanz säge." D Rahel intressiert sech nid für ds Missgschick vom Brueder. „Ds Erika het hütt wider nüt gseit", isch der ganz Kommentar.

*

Für am Sunndig ladet d Sabine der ganz Lerchehag zum Zmittag y. Es ligt ere scho lang uf em Mage, dass si alli sövel mängisch däne gässe hei, u si het sech no nie revanchiert.

Si chöme gärn, es git kes längs Hin u Här, u wär doch nid nötig und ach herrjee, mach doch nid Umständ. Me wird gfragt, u de seit me ja oder nei, so isch das hie. Der Fritz het sogar e Wunsch: „We's de im Fall das italiänische Gchööch zum Dessert gub, miech mi das nid verruckt." D Sibyl wott Fleisch u Gmües u süsch no alls Guggers überebringe, aber das wott d Sabine nid. Das isch itz einisch ihri Yladig, also sorget si für ds Züüg.

Ehrlech gseit, si het scho chly der Schlotter. Me möcht doch gärn Ehr ylege mit de husfrouliche Qualitäte, aber di cheibe Hemmige. Vilicht wird ds Filet troche u d Rüebli fad, vilicht verchoche d Härdöpfel, u der Salat schrysst eim alli Löcher zäme. Wahrschynlech verheit de no ds Tiramisù ab u wird e troschtlose Tanggel, wahrschynlech blamiert si sech bis uf d Chnoche, u fertig wird si sowiso nid mit allem.

D Chind überschlö sech fasch u verzable schier vor luter Hilfsbereitschaft. Si hei d Finger i jeder Schüssle, stecke d Nase i jede Topf, stöh im Wäg u mache d Mueter stifelsinnig.

Am zähni chunnt d Rosmarie. Statt sech deheime z längwyle, we si sälber nid müess choche, chöm si gschyder chly cho hälfe. D Sabine isch meh weder nume froh, vor em Rösi schiniert si sech nüt.

E Halbstund speter streckt der Franz der Chopf i d Chuchi u seit, er gieng mit däm junge Gficht es Aperitiv ga ha. Es wärd ere dänk glych sy, we re di War under de Füesse dännechömm. Werum weis dä settigs?

Wo d Gescht aarücke, isch alls tiptop zwäg. D Sabine het sech vergäben ufgregt. Stress macht me sech sälber, gäll, Fred. D Frou Chummer het gseit, si söll ds Filet ersch i Ofe tue, we si da syge, es gang albe no ne Chehr, bis alli zwäggrangget syge u Gsundheit gmacht heige. Es syg gäng besser, d Gescht müessi en Ougeblick uf ds Ässe warte als umgekehrt.

D Sabine het sech e Wältsmüei gä mit Tischdecke. Si het der rund Tisch uszoge, zum erschte Mal sit Freds Geburtstag.

O Fredi, wi hättisch du di amüsiert i dere Rundi. Zum fröhlech gmuschterete Tischtuech het si hällbruuni Serviette gchouft, fächerförmig gfaltet und i di höche Gleser gstellt. Jedem es Buggeeli näbe ds Täller, es paar glesigi Cherzehalter mit verschide höche Cherzen i d Mitti, chly dünkler als d Serviette. Es isch es schöns Luege, u d Visite rüemt de o i de höchschte Tön. Der Fritz meint, ihm syg di Sach fasch wohl nobel, da heig sech so ne Buremürggel schier nid derfür abzhocke. Derby: Mänge wär froh, er gsäch so stattlech uus wi dä Buremürggel.

D Sabine het zersch are Tischornig umegstudiert, aber nächär het si gfunde, allzu fyrlech wöll si's nid mache, si sölli sech sälber arrangiere.

Das tüe si de o, under nachdrücklecher Mithilf vo der Rahel: D Sibyl wird placiert, bevor si e Muggs cha mache, uf eir Syte ds Meitli, uf der andere der Matthias. Klar, dä mues zu syr Bibil, anders geit's nid.

D Rahel tuet näbe sich der Fritz, der Florian näbe Franz, was anders, u d Sabine u ds Rösi chöi de no hocke, wo Platz isch. D Sabine nimmt de Buebe di schöne Gleser wäg u git ne ihri Bächerli. Me mues ja ds Unglück nid grad a de Haar härezie. Mit der Rahel ma si nid chääre. Sit die i Chindergarte geit, trinkt si nümm us eme Bébéglas.

Ds Filet isch genau richtig, usse knuschperig, inne schön roserot, u alls andere isch o guet. Freds Twanner findet Aaklang, si machen ömel flyssig Gsundheit. D Chind benäh sech so sittsam, dass d Sabine vo eim Stuunen i ds andere gheit. Was het ächt dä Franz dene gä i der Wirtschaft?

D Rahel isch natürlech wi gäng e Fall für sich. Si het d Ougen überall u tuet wi d Gaschtgäbere pärsönlech: „Fritz, dys Glas isch läär, nimm no chly Wy. Franz, wosch nid no e Bitz Züpfe, ds Mueti het se sälber gmacht. Es het gmeint, si ghei ihm sowiso zäme, aber itz isch si glych no feiechly guet usecho. Matti, tue nid sürfle, das isch nid aaständig, Florian, me gygampfet nid mit em Stuel.“

D Mueter gryft vorlöifig nid y. Solang si nid z üppig wird …

Es isch richtig zfride. Si gniesse ds Ässe, me merkt's

ganz guet, u d Sabine fragt sech, für was si sech däwäg ufgregt heig, so nen Yladig syg würklech ke Sach.

Ds Dessert isch es bitzeli chläberig, aber es blybt nüt fürig.

Der Fritz meint, vo ihm uus chönnt d Sibyl scho morn uf d Insle, we me vo der Stellverträttere derewäg traktiert wärd. D Chüttenekonfitüre heig er scho probiert, un er müess säge, Reschpäkt, Reschpäkt, d Sabine chönn's.

Du alte Schmychler.

Der Franz chunnt sech vor wi ne gstopfti Wienachts-gans, mit em Gaffee tät er afe no nid pressiere. Si zwee müessi sech gwüss zersch echly bchyme, u ds Wyber-volch syg ja gloub nid unglücklech, we's zwüschychen e Pouse gäb.

Es isch e schöne Herbschttag. D Sibyl wott mit de Chind a Wald use loufe – der Tedu müess o mit, chrääit d Rahel.

D Manne verzie sech uf d Terasse u tubacken a der Sunne, d Rosmarie hilft abwäsche.

Alls isch guet gange. Der Sabine het's gwohlet. Aber ohni Rösis Hilf hätt si nid möge gcho.

„I weis nid, werum du dir so weni zuetrouisch", balget d Frou Chummer. „I wett, i chönnt so guet choche wi du, i bi ömel nid sicher, öb i so nes Menu zwägbrung. U wäge däm bitzeli Gmüesrüschte, das hättisch sauft o no möge, das hätt mi nüt bruucht."

D Sabine weis das scho, si isch früecher nid so gsi. Aber der Fred isch halt so ne praktische gsi, er het alls gmacht, ihm isch es ring gange. U me gwanet sech schnäll dra, dass eim öpper alls abnimmt, mängisch sogar ds Dänke.

„De muesch di aber schlöinigscht wider dervogwane",

seit d Röse resolut. „Das het itz dy Fred nid grad schlau gmacht. Du wärsch no zumene richtige Hääpeli worde näben ihm. Du bisch so, wi de bisch, u di andere hei di gfeligscht eso z näh. Baschta."

Es tönt ganz eifach, ganz eifach. Also: D Sabine mues sech itz würklech wider meh zuetroue. Si gseht's y u wott sech bessere.

„Aber dass es de so syg!"

Itz cha me der Gaffeetisch zwägmache, si wärde de öppe derhärcho. Das Zuckerdösli mit der altmodische Zukkerzange het der Fred uf em Flohmärit ufgablet. D Sabine steit mit däm Gschiirli i der Hand u luegt i ds Lääre. Strahlend isch er zur Tür ycho. „Schatz, i ha öppis gfunde für di, öppis ganz Exklusivs. Eigetlech han i der's wölle z Wienacht gä, aber i cha nid so lang warte, i mues sofort gseh, was für nes Gsicht machsch. Weli Hand wosch?" Si het ne nid enttüüscht, isch tatsächlech fasch usgflippt. Nid nume wäg em Döseli, no fasch meh wäge syr Fröid. Wi dä sech het chönne fröie …

„Troumisch? Oder zellsch Zückerli?"

Der Rösen ihri Stimm reicht se wider a Bode.

„Excusez, es isch nume … das Döseli han i vom Fred übercho, es isch ds letschte Gschänk vo ihm." Si mues wider schlücke.

„Dänkisch no vil ane, gäll."

„Fasch gäng. I ha ke Wuet meh, das isch verby. Aber i mues no vil gränne. I gloube, i cha ne nie vergässe."

„Das fählti si no grad. Es wär nid vil los mit ere Liebi, we me sen eifach chönnt zu den Akte lege u Tööri zue u fertig. Du wirsch ne nie vergässe. Aber du chunnsch drüber ewägg. Einisch chasch de a Fred dänke, ohni dass es wehtuet. Es geit mindischtens es Jahr, das cha me nid ändere. Es Jahr lang passiere gäng wider Sache, won er färn no isch derbygsi, u jedesmal düecht's di, es heig kei Gattig, u du haltisch's nid uus. Wienacht, Geburtstag, Oschtere, ds erschte Schneeglöggli, di erschti Amsle, alls ohni ihn. Aber nach eme Jahr hesch alls scho einisch ohni ihn erläbt, u du weisch, dass es geit. Früecher het me nach jedem Todesfall es Truurjahr ygschaltet, wo sträng yghalte worden isch. Me het Schwarz treit, me isch a keni Veraastaltige gange, me het nid tanzet, me isch im Leid gsi. Das Jahr vo der Bsinnig het scho sy Sinn gha. Aber es chunnt ou uf em Land di lengerschi meh us der Mode, wo no mängs, wo me gschyder nid liess gheie. Aber es geit de Lüten alls zweni gleitig, si chöi nümm warte. Drum bruuche si Psychiater u Tablette u weis der Heer, was alls. U wär gäng no gschyder, me liess es wärde u hörti uuf, der Natur i ds Handwärk z pfusche. Aber üserein wird das nümm verstah, me wird alt u fürig u sött nid mit de Junge stürme. Aber lue de nume, nach eme Jahr geit's obsi."

Nach eme Jahr. U si het ersch es halbs hinder sech.

So, fertig mit Spintisiere, d Jungmannschaft isch im Aazug. Me ghört se jutze vom Fäld här, u d Manne lö sech o wider zueche. Itz heig sech ds Zmittag aafa sädle, u si heigi bal Gaffeegluscht, meint der Franz. U wenn er scho so gäbig derwyl heig, möcht er frage, öb d Sabinen e Wuche chäm cho hälfe bim Härdöpfel Erläse. Wächter Ruedi u Scherteleib Emmi heigen ihm scho zuegseit, aber wi meh dass hälfi, wi besser chönn me sen erläse. Er müess Dryssgerseckli mache, das bruuch ihrere zwee voll u ganz nume zum Absacke.

Es isch wi ne Sunnestrahl düre Näbel. Der Franz würd se nid frage, wenn me se nid chönnt bruuche. Klar chunnt si. Si isch froh, wenn si sech cha nützlech mache. Me mues halt de luege, wi's mit de Buebe geit. Der Chlyn schlaft no bis zum Zvieri, aber der Florian wott nümm. Es tät ihm zwar gäng no guet, aber si het's ufgä, wele stercher z mache mit ihm. Für dä syg gluegt, lachet der Franz. Dä chönn mit em Sackcharrli umecarettle, de müess me ne nümm aparti goume. U für d Rahel wärd sech ou öppis finde, wc si nid im Chindergarte syg.

Itz sy alli wider da. D Sibyl bringt e grossi Schachtle Brätzeli un e Fläsche vom berüemte Chirschiwasser. Si cha's eifach nid la sy.

D Rahel het no ne wichtigi Mitteilig: „Mueti, bim Spaziere isch mir no öppis i Sinn cho, das han i dir vergässe z säge. Geschter het ds Erika öppis gseit."

Das isch allerdings en Überraschig. Was het de das Erika vo sech gä?

„Es het gseit: 'Däm Stuel isch es Bei abgheit.'"

*

Es chunnt e strängi Wuche. Bi de Bure het me's nid gäng gybigäbiguet wi im Liedli, wo d Rahel vom Chindergarte heibringt. Das isch Schwärarbeit, und am Aabe weis d Sabine, was si gwärchet het. Es isch chalt im Tenn, der Näbel chunnt bis under ds Dach, und ohni Wärmelampe würden eim nach ere Stund d Finger abgheie. Me mues sech rüere, d Härdöpfel chöme gleitig über ds Förderband. Si warte nid, bis d Sabine usgwärweiset het, öb me dä ächt no dörf dürela.

Si het Müei mit dere Erläserei. Vil vo dene Härdöpfel, wo müessen usgschoubet wärde, röie se, es isch nid zum Säge. Es Blätzli, es Löchli, es Buggeli, chly, chly chrumm, chly z chlyn, chly z gross – jede mues use, wo nid der Norm entspricht, süsch git's Abzug.

Meh als d Helfti vo dene, wo me da zu de Söier ynegheit, chönnt me guet bruuche, für was git's Rüschtmässer.

Ds Gyxen u ds Rattere vo der Sortiermaschine mache se no zuesätzlech kabutt. Aber es het wenigschtens ei Vorteil: Si ghört nid, was d Frou Scherteleib uf der andere Syte tschäderet.

D Sabine fragt, öb si vom Usschuss dörf näh für i d Chuchi, aber der Franz winkt ab. Das wär ihm itz no, we si müesst Söihärdöpfel rüschte, si chönn dänk vo de schöne näh. Am Sunndig fahr er mit paarne Seck i ds Oberland. We si wöll, chönn si o cho mit de Chind, er nähm der Kombi.

Si wott. Si het zwar gschribe u danket, aber erlediget isch di Sach no nid.

Guet, de söll si uf di Zähne zwäg sy, d Mueter mach de öppis parat für z ässe. Er möcht nid grad i Kumpaniesterchi yneschneie zum Zmittag.

Das chönn si dänk o, schnützt si, e Picknickchorb packe wärd si wohl no imstand sy. Langsam wird si hässig wäge däm Sibylkult, ander Lüt sy schliesslech o no da.

He, nüt für unguet, meint er fridlech. Es chäm ihm nid im Troum i Sinn, se wölle z tüpfe, er heig nume nid vil gstudiert.

Würd der nüt schade, albeneinisch a öppis anderem umezstudiere als a der Sibyl u einisch im Jahr a der Sima, dänkt si muff. Es isch chly dernäbe, si weis es, aber es isch ere wurscht. Itz wott si sech ergere.

*

Wo d Sabine vo der Alp heicho isch, hätt me chönne meine, ihri Chind syge wahri Ängeli, so hei alli grüemt, wi das guet gange syg. Aber im Louf vo der Zyt isch du glych ds einte u ds anderen uscho. Si cha sech liecht usmale, was der Fritz gwüsst het, wo der Florian i der Wärchstatt e grossi Rolle bruuni Chläbstreife gmugget u dermit i der Hoschtert chrüz u quer vo Boum zu Boum es Labyrinth zoge het. U d Sibyl wird o nid häll begeischteret gsi sy, wo der Matthias ds Badzimmer duschet het, bis alls gschwummen isch. Aber ds Schönschte isch di Gschicht mit der Farb. Hindedry isch settigs gäng luschtig. Der Fritz het e Maschine putzt u gflickt u mit grüener Ölfarb gstriche. Won er e Momänt dervo isch, hei sech d Buebe vo zoberscht bis zunderscht grüen laggiert. Si hei nüt anngha als churzi Hösli, d Sibyl het se mit Verdünner u Nagellaggentferner müesse putze. Am Schluss vo der Prozedur heig der Matthias uf sy suber Buuch abegluegt u mit Beduure gseit: „Aba, nümm Kombi anne."

Di Expedition i ds Oberland isch dürzoge. D Fahrt geit no, we me di zwo churze, aber heftige Schleglete hindedrinn nid zellt, u der notfallmässig Halt am Strasserand, wül's em Matthias schlächt wird.
Der Ferdinand u ds Heidi sy wider im Tal. Si sy hüür scho vor em Bättag abgfahre; ke Fueter meh. So nen Alpabfahrt müess si ou einisch gseh ha, di Züglete syg

ydrücklech. Ds nächscht Jahr wölle si's nid verpasse, er chömm de mit ne, verspricht der Franz.

Der Ferdinand het e Riisefröid am Schwingerbuech, won ihm d Sabine ufe Vorschlag vom Rösi gchouft het. U d Häägglimuschter samt Garn u Wärchzüüg nimmt ds Heidi meh weder nume gärn. D Sibyl het gwüsst, dass es dertdüren e wahri Künschtlere isch. Ds Harassli mit der Konfitüre isch o willkomme, d Sibyl het no paar Päckli ygfrorni Chirschi u Beeri derzueta. Aber der Picknickchorb wird schreg aagluegt. Ds Heidi hätt gwüss sälber chönne choche, es heig no zoge derwäge mit em Franz, won er aaglütet heig, aber är syg nid vorumezbringe gsi. Das syg abgmacht, punktum, er wöll d Sabine nid vertöibe.

Mängisch chönn me's aagattige, wi me wöll, es wärd eini verruckt, seit der Franz mit emene übertribene Süüfzger. Oder meh weder eini, d Mueter heig ou e Lätsch gmacht.

Der Ferdinand blinzlet. „Muesch ds Wybervolch la mache. We si lang gnue gchuppet hei, gä si d Milch albe scho wider abe", brösmet er füre u tuet es Chochetli Knaschter über.

Hälfet enand nume, dir Chnuppesaager, dänkt d Sabine toube. Das blöde Zmittag isch ömel di Ufregig nid wärt. Es blybt nüt fürig vo dene Herrlechkeite, der Ferdinand u ds Heidi gryffe tapfer zue. Äbe, uf däm Gebiet mues der Sabine doch niemer öppis wölle vormache, da het si Üebig. Der Fred isch gärn ga picknicke.

D Chind tüe schüüch und wohlerzoge, me kennt se nümm. Aber nach em Zmittag wei si use ga spile. Der Fride duuret knapp füf Minute, nächär git's e fürchterleche Radou. Der Matthias isch i ds Bechli gheit.

160

Für d Sabine isch dä Usflug zimli abverheit. Der Franz
het uf der ganze Heifahrt sys Grinsen im Gsicht.
Es macht se suur, si het ds Gfüel, si heig hütt nid di
beschti Figur gmacht. Derby cha si gar nüt derfür.
Rütsch mer der Buggel ab, dänkt si. Gang doch zu dyr
Sibyl oder mira zu dyr Sima, mir isch das schnorzegal.

*

Öb si der Film „La strada" scho einisch gseh heig, dä
chöm hinecht im Fernseh, seit d Sibyl, wo d Sabine übe-
re geit ga Eier reiche. Grafs ihre Chaschte steit no gäng
im Abstellchämmerli. Am Aafang het d Sabine nid dra
dänkt, ne la aazschliesse, u speter het si gfunde, es ver-
missi ne ja niemer. D Chind hei sech bis itz süsch chönne
beschäftige, und ihre längt der Radio. Si weis nid, wi
lang si di Abstinänz no cha dürezie. D Rahel stürmt scho
jede Tag, wül di andere Chindergärteler alli chöi dehei-
me d Chinderstund luege u ds Guetnachtgschichtli u d
Sändig mit em Pingu.
Bi däm gruusige Spätherbschtwätter lat se d Sabine nümm
der ganz Tag verusse desumezigünere. Si gö de albe
glych zum Rösi oder zur Sibyl. De chöi si grad so guet bi
ihre sy. Der Florian isch gäbig z ha. We ne niemer stört,
chan er stundelang legööle oder Chaschperlikassette lose,
aber der Chlyn wird zimli gnietig bis am Aabe. Da wär's
mängisch scho praktisch, we me zwüschyne chly ds elek-
tronische Chindermeitli chönnt yschalte. Vilicht pädago-
gisch dernäbe. Aber bequem. Der Mueter isch schliess-
lech o hie und da es ruehigs Stündli z gönne.
Dä Film kennt d Sabine nid, het ne weder im Chino no

im Fernseh gseh. We si nüt anders vor heig, chönnte si dä zämen aaluege, schlat d Sibyl vor. Es syg ihren absolut Lieblingsfilm. Si chönn ne fasch uswändig, aber si verpass ne nie u müess jedesmal wider hüüle wi ne Schlosshund.

D Sabine het nüt los. Si het nie öppis los. Das ewige Deheimehocke isch nid ds Beschte. Si weis es, aber was söll si. Ine Verein ma si nid, und eleini öppis z undernäh gluschtet se nid. D Sonja lütet zwar albeneinisch aa, aber es isch nümm glych wi früecher, wo si sech regelmässig troffe hei.

„D Mueter geit wider a Stamm", het der Fred albe gwitzlet, wenn er het müesse goume. Überhoupt cha si nümm eifach so furt, si müesst öpper frage für z hüete, u das passt ere nid. Si kennt sowiso nume d Sibyl u ds Rösi, u d Chind sy einewäg scho gnue by ne. Aber i ds Nachberhuus, das dörft si scho wage. Mol, si chöm gärn, we sech d Chind stillheige.

D Sibyl macht no d Chuchi, wo d Sabinen überechunnt. Si söll afen i d Stube, d Manne syge dinn, u si chöm ou grad. D Sabine isch no nie zgrächtem i der Stube gsi. Meischtens spilt sech ds Alltagsläbe bi Lybuguets i der grosse Wohnchuchi ab.

Si sött afe wüsse, dass der Sibyl alls zueztroue isch, aber si isch glych überrascht, itz wo si alls so gnau cha muschtere. Das isch de gmüetlech da inne, da wett me sech am liebschte im Ruebetteggen ynischte u nie meh use. Es sy früecher zwo Stube gsi. Me gseht's no am Pfoschte i der Mitti und am Chachelofe, wo quer steit. Dä het alben uf beidi Syte müesse heize. De Fänschter na isch e länge Tisch mit höchlähnige Stüel, ds Tischtuech het di glychi

162

ghääggleti Borte wi d Vorhängli a de Fänschter. Bi der Türe steit es grosses, alts Buffet, dernäbe der Fernseh. A der Wand het's es gstreifts Grossvatterruebett, en Ohrestuel u Chorbsässle. Im hinderschte Teil stöh e grosse Schrybtisch, e gmalete Schaft vo 1820 und e chlyne Flügel, verschnörklet, altmodisch. Uf em gwichste Riemebode lige paar chlyni Teppiche, ächti, sovil si gseht. Aber ds spezielle Cachet het di Stube vom vile Krimskrams, wo steit u ligt u hanget, Bilder, Wandbehäng, Keramiktäller, Druckli, Chäschtli, vil Pflanze i luschtigen Übertöpf.

U ds Allerschönschte isch di grossi Pendule näb em Ofe, wo grad aafat d Stunde schla, si schlat töif u voll. Der Franz list am Tisch d Zytig, der Fritz grüblet i der Pfyffe. So ne wunderschöni Uhr heig si no nie gseh, seit d Sabine, wo d Sibyl ynechunnt.

„Ja, es isch es Prachtsstück. Di alti Zibele het vor öppe zwöine Jahr ändgültig der Geischt ufgä. Es wär sech nümm derwärt gsi, drann umezdökterle, es isch nüt Apartigs gsi, so nes Allerwältszyt. Da het mer der Franz das da heibrunge vo der Sima."

Der Sabine wird di Sima gäng rätselhafter. Handlet die mit Uhre oder het si e Bijouterie? E Syteblick zum Franz, dä verziet ke Myne. Das isch e heimlifeisse Halungg. Tuet, wi we's ds Normalschte vo der Wält wär, dass e Buur z Paris e Sima het, won ihm zu usgfallnige Uhre verhilft. Itz steit er uuf.

„Chumm, Fridu, mir wei di zwo la luege u gö eis ga ha." U furt sy si. Feigling.

Es isch e Troum vomene Film. Wi di schüüchi, unbeholfeni Gelsomina däm unzivilisierte Chlotz vo Zampano usgliferet isch, das geit eim scho naach. Di riisigen Ouge i däm Clowngsicht.

Di Frou spilt, das isch ungloublech. Si macht nid vil, luegt fasch nume dry, u glych isch alls gseit. Am Schluss, won är vernimmt, dass si gstorben isch, won er am Meer ligt, wo der ganz Schmärz us däm versteinerete Härz usebricht, wo's ne wott verrysse, wül er allwäg no nie grännet het – da rüehrt's o d Sabine. Si weis, wi's isch, wenn eim ds Eländ versprängt, wül's ke Wäg findet für use. Si schämt sech drum o nid, dass ere d Träne chöme. Aber o d Sibyl het sech am Nastuech. Si schwygen e Zytlang.

„Di Szene mit em Ross isch mer so yne", seit d Sabine ändtlech, „die isch so symbolisch. D Gelsomina hocket i der Nacht mueterseelenaleini u verzwyflet uf däm Trottoirrand, u nächär tschalpet das Ross verby. Me weis nid, wo's härchunnt, u nid, wo's härewott, es schlarpet eifach düre.

Es passiert so vil im Läbe, u me weis nid werum."

„Hm. Vilicht isch es guet eso."

Speter höckle si no chly zämen am Tisch, d Sibyl het Gaffee gmacht. Si müess Schwachstrom näh, der normal löi se nümm schlafe. Si gspür halt ds Alter dürhar, seit si. Was isch los, fischet si Komplimänt? Derby secklet si desume wi ne Zwänzgjährigi. D Sabine wär froh um die Energie.

„Wenn geisch itz uf Lanzarote?"

„Di erschte zwo Hornerwuche, das isch e gäbigi Zyt. De isch es scho richtig schön warm dert, u hie isch nid vil z tüe. I gloube, i heig mi no nie so gfröit wi dasmal, won i weis, dass i mi vorhär nid mues töde. So rüejig han i no nie chönne gah."

164

„Du chasch o lenger blybe, we de wosch, i la der dyni Manne scho nid la verhungere."

„I ha mer's ou scho überleit, aber zwo Wuche sy gnue, me mues ou einisch zfride sy. Es isch albe schön, un i gniesse's, i cha nid säge wie, aber nach vierzäche Tag ziet's mi wider hei."

„Geisch in es Hotel oder in e Pension?"

„Nei, er het dert es Huus …"

Der Sima ihri Uhr tigget überlut i der plötzleche Stilli. D Sabine wagt nid z schnuufe. Si mues di letschte Resärve vo Sälbschtbeherrschig mobilisiere, für nid lut usezlache. Isch das e herrlechen Aablick, di tödlech verlägeni Sibyl. Si macht Ouge wi d Gelsomina und isch rot bis über beidi Ohre. Si würkt völlig fassigslos, wi we das über ihre Verstand gieng, was passiert isch. Itz leit si d Armen ufe Tisch u lat der Chopf druf sinke. „O i Suppehuen!"

D Sabine schwygt ysig, si darf ds Muul nid abenandtue, süsch lachet si. Innerlech verchlepft es se fasch. D Sibyl mit eme Maa uf ere romantische Insel, das isch ds Höchschte!

Nach ere halben Ewigkeit het d Sibyl der Chopf wider uuf.

„I bi doch der eifältigscht Stroutoggel, wo fürechunnt. Acht Jahr lang han i gschwige, kei Mönsch het numen es Wörteli gwüsst, un itz mues i mi derewäg soublöd verpladere."

„Vo mir erfahrt's niemer, da chasch sicher sy", seit d Sabine gschwind.

„Es wär mer aaghulfe. Aba, i chönnt mi bim Grind näh." Si schüttlet der Chopf, cha's nid gloube. „Jä itze, gseit

165

isch gseit. Itz chasch der Räschte o wüsse, uf das chunnt's nümm aa."

„Du muesch mer gar nüt säge, es geit mi ja nüt aa."

„Los nume, es isch itz einewäg dusse. Wo mer nach Peters Tod zum Gröbschten uus gsi sy un is afe chly hei bchymet gha, hei mer der Franz u der Fritz e Reis z Wienacht gä, zwo Wuche Lanzarote, alls organisiert vo dert bis änenume. I ha zersch nid wölle gah, aber si sy hinder mer gsi, bis i nahgä ha. Frid u Rues thalb. U wenn i mi de scho zu öppis sövel Sturmem heig la überrede, de mach i's nid nume halb, de wärd nüt ussegla, han i gseit u mi dra ghalte. I bi uf emen Esel gritte, ha Tintefisch versuecht u Muschle u Languschte gässe. I ha im Meer gschwaderet, Minigolf gspilt u Hüenerbei probiert, wo uf der Hitz vom Vulkan sy gröschtet worde. U wi söll i säge, das Lanzarote isch so gwaltig, so grossartig, es het mer z lybermänts der Ermel ynegnoh. I ha mer gseit, zwo freji Wuchen im Jahr heig i eigetlech meh weder nume verdienet. Ds zwöite Mal bin i uf eigeti Fuuscht gange, aber es wär bimene Haar lätz usecho.

Eleini sy isch äbe nid so liecht, we me si nid gwanet isch. I ha nes Outo gmietet u bi jede Tag e Strich uus, aber es isch mer gly verleidet. Won i einisch uf eme choleschwarze Felsechnubel gstande bi un uf ds Meer usegrännet ha, isch undereinisch eine näbe mer gsi u het ou usegluegt. Es isch lang gange, bis er mi aagredt het, u nächär han i ersch no kes Wort spanisch verstande. Mit paarne dütsche Bröche vo ihm u paar italiänische vo mir han i de ändtlech häbchläb begriffe, i söll ihm nachefahre, er wöll mer öppis zeige. Bi nid so schützig gsi, aber Gschyders han i nüt gwüsst z mache, u notfalls wüss i mi z wehre, han i dänkt. Er het mi zu sym Feriehuus gfüert u mer es Kaktusgärtli zeigt, won er früsch het aagleit gha. Es isch nume winzig gsi, aber so liebevoll zwäggfätterlet, i bi ganz drabache gsi. Mir sy no öppis ga trinke, u wi's halt so geit. Am andere Tag sy mer, i weis nid wi hert zuefelig, anenand aaglüffe, hei e Spaziergang gmacht u trotz de Verständigungsschwirigkeite gly gmerkt, dass mer di glychi Wällelengi hätte. So isch halt du zimli tifig meh drus worde. I ha aafa spanisch büffle wi verruckt, u ds Jahr druf hei mer is scho allergattig gwüsst z säge. U sider sy itz das üsi zwo Wuche, Jahr für Jahr, die lö mer is nid näh. So, u dermit wärsch ygweit i ds beschtghüetete Gheimnis vom Kanton."

D Sabine cha sech nid erhole. D Sibyl un e füürige Spanier, das geit über ihres Fassigsvermöge, dä Mocke mues si zersch schlücke. Öb si no nie dra dänkt heig, für zgrächtem byn ihm z blybe, fragt si schliesslech vorsichtig.

„Er isch ghürate."

O das no, das isch d Krönig vom Ganze! D Sibyl het es Verhältnis mit eme verhüratete Don Juan, es Verhältnis i jährleche Rate. U der Franz mit syr Marokkanere, u der Fritz schmachtet heimlech d Sibyl aa. Was für ne Familie!

„Es isch nid, wi du meinsch", seit d Sibyl bestimmt, „mir näh niemere nüt wäg. Sy Frou isch z Barcelona ire Klinik. Si het vor zwölf Jahr es Schlegli gha, sider kennt si niemer meh. I bi einisch mit ihm überegfloge u se ga bsueche, es isch fürchterlech gsi. I ha mit myr Schwigermueter o Schwärs düregmacht, die isch am Schluss o nümm aasprächbar gsi, wül si sech bewusst i sich sälber zruggzoge, nümm wölle läbe u ds Änd regelrächt häre-zwunge het. Aber die Frou … Wi ne lääri Hültsche isch si i däm Stuel ghocket, ihri Ouge sy dür mi düregangen i d Ewigkeit. Es isch nid schön gsi. Är geit regelmässig zue re, o we si's nümm merkt, aber i bi nie meh mit. Es wär weder für ihn no für seien e Hilf. Scheide chan er nid, er isch katholisch, miech's gloub ou nid, wenn er chönnt, un i cha hie nid dervo. Also sy mer zfride mit däm, wo mer hei. Wenn's hie en Änderig gub, chönnt i vilicht im Summer o gah, sogar no im Herbscht, aber der Franz wott u wott kes Gleich tue, dä Stopfi. Jä nu, me cha nid alls ha."

„U de dy Maa, i meine …" D Sabine schwygt hilflos.

„Lue, i bi zäche Jahr Witfrou gsi, wo mer is hei lehre kenne. Hansueli un ig hei enand fescht gärn gha, aber e Liebi läbt vom Gä u vom Näh. Du chasch se nid eisytig konserviere uf alli Zyte. Einisch isch si verby, un es blybt der nume d Erinnerig. U das itz isch anders, i gloube, es isch jedesmal ganz anders. Es het nüt mit Untröji oder Vergässe z tüe. Me darf nid hindertsi dür ds Läbe loufe, u me darf ou nid d Ouge zutue vor däm, wo isch gscheh. Ds Vreni meint, es chönn das, ds Vreni isch üsi Tochter. Es isch gflüchtet vor allem, nach Vatters Tod i ds Wältsche, nach der Grossmueter und em Brueder bis uf Kanada. Furtspringe hilft nüt, u nid wölle dra dänke hilft no weniger. Ds Vreni wird di Sach nie verwärche, es nimmt se unbewältiget i ds Grab."

„U de vor Lanzarote, hesch nie dra dänkt, wider z hürate?"

„Es het ere scho gha, wo sech hei wölle zuchela, aber i ha gly einisch gmerkt, dass meh ds Heimet gmeint isch als ig. U nach em Peter isch einewäg fertig gsi mit däm, das het de Lüte d Nase zrugg gha. Di früechere Todesfäll sy du ou alli wider uf ds Tapet cho, aber einisch isch eim das alls glych."

*

Wo trybt sech der Sabine ihres Guldstück desume? Itz isch de füfi, u d Rahel e Stund überfällig. E sälbständigi Tochter isch ja scho schön, aber überborde sött si's nid grad. I der letschte Zyt isch das en ewige Kampf, si chunnt eifach nid hei nach em Chindergarte, mues no tuusig Sachen erledige uf em Heiwäg. A Usrede fählt's ere nie. Eis vo der Klass het es nöis Velo, eis het es nöis Barbiebäbi, eis darf nid eleini hei wäg eme Hund, bi eim git's es nöis Badzimmer. Si gseht eifach nid y, für was si sött pressiere, es isch ja no lang heiter.

Wo si hütt ändtlech chunnt cho z trötschgele, schnouzet se d Sabinen aa: „Wo bisch wider umezigüneret, das isch chly ne länge Heiwäg gsi!"

D Madam isch beleidiget. „I ha nid schnäller chönne cho, i ha mit em Ueli u mit der Tanja heimüesse, die hei nume zangget."

„So, u nächär hei si Ornig gha?"

„Sicher, i ha ne gseit, me tüei nid zangge." Pikiert verziet si sech. Plötzlech streckt si d Nase no einisch umen Egge.

„Übrigens, i bi de ke Zigünere, i suuffe nid!"

Also, mängisch sy di Gedankesprüng scho zimli undurchsichtig. Wohär wott so ne Strupf Bscheid wüsse über d Trinksitte vo de Zigüner?

169

„Das hei mir dänk im Chindsch glehrt, im Zigünerliedli."
D Sabine kennt das Lied o, aber bi ihre heisst's nüt vo
suuffe.
„Aber i mym. Lustig ist es im grünen Wald, wo der
Zigeuner saufen tat."

*

Hütt hoffet d Sabine uf nen einigermasse fridleche Sunn-
dig. Aagfange hätt er nid schlächt. Der Matthias het der
ganz Morge gysebähnelet, der Florian isch mit em Franz
de Fälder nache u ersch vor em Zmittag zruggcho, u d
Rahel het mit der Bäbistubefamilie exerziert. Itz schlaft
der Chlyn, sogar der Florian het sech usnahmswys zu-
mene Nückli la überrede, u d Rahel färbelet. D Sabine
fröit sech uf ihres spannende Buech. Si isch weni zum
Läse cho i letschter Zyt. Es isch sunnig verusse, aber d
Byse geit, es isch chalt. Der Herbscht verabschidet sech.
D Sabine het's däne nid gseit, dass si hütt Geburtstag
het, süsch hätte si es Tamtam gmacht.
Dass ke Fred ds Zmorgen a ds Bett bringt u Happy Birth-
day singt, chunnt se scho schwär gnue aa, aber si ma o
süsch grad niemer gseh.
Si het sech im grosse Fauteuil ygrichtet u ds Buech uf-
gschlage, da flügt d Chuchitür uuf. „Halli hallo, wo isch
das Geburtstagschind?"
Natürlech, es wär ds erschte Mal, wo d Sonja ihre Ge-
burtstag würd vergässe, si sy ja nume drei Tag usenand.
Also, furt mit em Buech, Gaffee übertue. Si isch halt
glych e Feini, o wenn si mängisch echly spinnt, di Sonja.
Si isch nid guet zwäg, es isch ere wider einisch e grossi

Liebi dür d Büsch. Si seit, si heig ne zum Tüüfel gjagt, dä Filou. Aber meischtens gö si sälber.

„Sönele, du chasch nid eifach d Armen usstrecke u säge, chumm, mach mi glücklech. Du muesch sälber o öppis derzuetue. Du stellsch das faltsch aa. Du chasch nid pouselos im sibete Himel läbe, das haltet kenen uus. Drum gö si der gäng wider ab. Du nimmsch di Sach zweni ärnscht, du dänksch numen a di."

„Sicher, Tante Sabine, du hesch rächt. Ds Söneli wott itz es bravs sy u schön folge", seit di verlasseni Brut fromm.

„Du bisch es Kamuff. Nei ehrlech, i säge der eis: Wenn's di de einisch so rächt nimmt, we du di i eine verknallsch, dass de nümm weisch, wo hinden u voren isch, we's der einisch so richtig a ds Läbige geit, de lachen i de. I wirde hie so lut lache, dass es z Bärn inne ghörsch."

Mitts im Gugle seit d Sonja: „Merci, dä Schlitte! Das isch e Chevy oder e Buick! Wott dä zu dir?"

Gwüss nid, di paar Bekannte, wo d Sabine het, fahre bescheideneri Outo. Er het still zwüsche Stock u Spycher. Dä het sech allwä verfahre. Aber es duuret nid lang, de chlopfet's. D Sabine geit ga luege.

Es cha nid sy! Das darf doch eifach nid wahr sy! Si het ne nume zwöimal vo naachem gseh, aber si kennt ne sofort, e settigi Erschynig vergisst me nid. Da chunnt me sech sofort chlyn u schäbig vor. Ds Bürofrölein vor em Grandseigneur. Si weis mit em beschte Wille nid, was si söll säge. Är o nid. Er drääit der Huet i de Händ, und ändtleche seit er: „Ja, da wär i itz also."

Ja, da wär er. Am liebschte würd ihm d Sabine d Tür vor der Nase zueschla. Dä het hie nüt z sueche, dä am allerwenigschte! Er würkt zwar weniger überheblich

als si ne ir Erinnerig het, ender chly unsicher, fasch ver-
läge.

Mit eme chlyne Süüfzger tuet si du doch richtig uuf u
seit: „Chömet yne, Herr Frick."

Der Sonja gheie fasch d Ouge zum Chopf uus. „Frick",
stellt er sech vor, „i bi em Fred sy Pflegvatter."

„Eem – Schöni, Sonja Schöni", stagglet si.

D Rahel rütscht gleitig hinder em Tisch füre u chunnt
gwunderig neecher.

„Was hei mer de da für nes härzigs chlyns Fröilein? Wi
heissisch du?" Merkt dä nid, wi unächt dass er tönt? D
Rahel stellt der Chifel, si cha's nid usstah, we me sen
aasüüslet wi nes Bébé. „I heisse Rahel Graf u gah scho i
Chindsch!" seit si mit Nachdruck. „U wi heissisch du?"

„Frick, i wär eigetlech fasch dy Grossvatter."

„Ds Mueti het gseit, mir hei ke Grossvatter." Eis zu null.

„Frou Graf, i hätt gärn es paar Wort mit nech gredt, we's
z mache wär."

D Sabine kapiert. „Rahel, leg d Jaggen aa, du chasch
chly veruse. Chappen u Händsche sy im Ermel."

Grad wahrschynlech geit d Rahel veruse, we's intressant
wird! Si wott usehöische, aber d Sonja packt se u bug-
siert sen use. „Chumm, mir gö mit em Tedu i Wald."

D Sabine düet uf ne Stuel u hocket o ab. Es isch pyn-
lech, si weis nid wohäre mit de Händ. Är weis nid wohä-
re mit em Huet. Schliesslech leit er ne ufe Tisch.

„Es fallt mer nid liecht, nech so z überfalle, un i weis nid
rächt, won i söll aafa."

Lue nume sälber, du ufblasnen Aristokrat, dänkt d Sabi-
ne. I hilfe der sicher nid, strample di numen ab.

Si het gmeint, di Gschicht syg erlediget für se, für alli

Zyte, aber itz isch si plötzlech voll Wuet u Töibi, si chönnt platze.

„Für's churz z mache …" Im Mai syg sy Frou gstorbe. Si heig scho lang es Härzlyde gha, aber am Schluss syg's rasend schnäll bärgab mit ere, Freds Tod heig ere der Boge gä. Mir o, dänkt d Sabine grimmig.

Item, är heig e strubi Zyt hinder sech, es syg e strängi Schuel gsi. Er wöll ere nid dermit cho, was er düregmacht heig, das chönn si sech vorstelle. Nume sövel: Er heig gnue Zyt gha nachezdänke und syg zur Ysicht cho. Si heige d Sabine schlächt behandlet, un es tüeg ihm leid.

Wär's gloubt.

Er wöll sech nid userede, aber ihm syg's nie wohl gsi bi dere Sach. Er heig mängisch probiert, Gägestüür z gä, aber d Frou heig sech alls grauehaft z Härze gnoh u nid mit sech la rede. Er heig schuderhaft müesse düüssele by re, süsch heig si grad en Aafall gmacht.

Aha, en Erpressere.

Churz u guet, er möcht eifach nümm lenger der Chopf mache. Er syg o nümm breit u wüss nid, wi lang er no z läbe heig, drum syg er cho. Er möcht nid im Ufride abträtte vo dere Wält.

U itz meinsch, i säg ja und Amen u alls syg vergässe. Da chasch druf warte, Herr Frick. D Sabine schwygt hartnäckig.

Nach ere Pouse nimmt er e nöien Aalouf. „I bi eleini", seit er, fasch meh zue sech sälber, „I bi eleini, u das isch hert i mym Alter. Di sogenannte Fründe zelle uf ds Mal alli nümm, we die gange sy, wo würklech zellt hei. Es isch e Schlag gsi für is, won is der Fred der Rügge gchehrt het, es isch nächär nie meh glych gsi. D Marlen het sech verhertet, o gäge mi, und isch bös worde. Aber wo der Fred u churz drufabe o si no gangen isch, bin i doch du schier verzwyflet. I ha niemer meh, so gseht's uus, nume no die, wo der Fred hinderla het, Öich u d Chind."

Chly tuet er der Sabine leid, dä Kniefall het ne sicher einiges gchoschtet. Süsch wär's nid es halbs Jahr gange. Aber glych.

„Dir syt nid a d Beärdigung cho." Si seit's nid als Vorwurf, es isch e Feschtstelig.

„Stimmt, un es plaget mi gäng no. D Marlen het denn e hysterischen Aafall übercho, won i ha gseit, i gang eleini, wenn si nid mitchöm. Der Arzt het müesse cho. Er het gseit, no mängi settigi Ufregig überstöi si nümm. Er het du o rächt gha."

„Was erwartet dir vo mir, Herr Frick? Söll nech ume Hals falle? I wett nid stur tue, aber das düechti mi chly vil verlangt." Es tönt grob, si merkt's sälber.

Er redt ersch nach eme Chehrli wyter: „Eigetlech han i nech wölle cho vorschla, dir söllet zu mir zügle. Es wär Platz gnue, ds Huus isch schön, der Garte gross u ds Quartier aagnähm. I chönnt nech es aagmässes Läbe biete."

Das mues si itz zersch verdoue. Das hätt er nid sölle säge. Mit däm het er's verdorbe.

„Herr Frick", seit si chüel, „we dä Vorschlag nach Freds Tod cho wär, hätt i ne chönnen aanäh. I bi imene schwarze Loch ghocket u ha uf ke Art u Wys meh drus usegseh. Denn hätt i Hilf chönne bruuche. Und i hätt sehr wahrschynlech nid wählerisch ta. Denn hätt i e Zuespruch nötig gha, itz nümm. Wenn di Lüt hie vom Lerchehag mer nid bygstande wäre, meh als me vo Wildfrömde cha erwarte, müesstet Der itz vilicht einiges meh ufe Buggel näh.

Und öppis anders will Nech itz o no säge. Myni Eltere sy eifachi Lüt gsi, vom Glück nid verwöhnt. Aber si hei sech dürebracht, sy niemerem öppis schuldig blibe, hei es aaständigs Läbe gfüert. Aaständig blybe, niemerem zur Lascht falle, mache, was eim müglech isch, das wär für mi es aagmässes Läbe. U für myni Chind o, es wär o i Freds Sinn. Si sy glücklech hie, und i gwane mi langsam y, o wenn es zersch nid liecht isch gsi. I gah nid furt vo hie.“

„Aber das isch doch es völlig frömds Milieu für Öich. Di Lüt gö Öich doch nüt aa“, meint er hilflos.

„Si gö mi meh aa, als Dir gloubet. Si hätte nid müesse, aber si hei mer ghulfe, won i d Hilf am nötigschte ha gha. U si würde's wider mache.“

Der Herr Frick luegt verlore zum Fänschter uus. Dasmal geit's no länger, bis wider öppis chunnt. „I chume mer vor wi ne Schuelbueb, wo abkanzlet worden isch. Es schynt, i heig's verdienet. I hätt nid scho itz sölle cho.“

„Faltsch, Herr Frick, Dir hättet scho lang sölle cho.“

Si stuunet über sich sälber. Wi si däm darf etgägeha!

Er macht nümm lang. Won er ufsteit, seit si fasch gägen ihre Wille: „I wott nid d Türe zueschla, obschon i meine, i hätt Grund. Es isch guet, dass Der cho syt. Dir chöit o i Zuekunft jederzyt cho, wenn Der weit, als Bsuech. Aber störet nid üse Fride.“

„I mues zfride sy mit däm, wo mer offeriert wird. I bi i der schlächtere Position. I danke Nech, Sabine.“

En Aaflug vo der alte Arroganz.

Es isch ere glych, er söll mache was er wott, si geit nümm i d Chnöi.

Won er ds Outo uftuet, chunnt grad d Sonja mit der Rahel umen Egge. Wenn's nid fräch syg, wär si froh, we si mit ihm chönnt zruggfahre. Si ghör drum no zu der usstärbende Rasse vo de Zugfahrer.

Er isch chly befrömdet, kes Wunder, aber er geit ume Wagen ume u tuet eren uuf. Er wartet, bis si sech verabschidet het, u hilft eren yne. U scho ruusche si ab.

Das isch e Gumsle! So ne dicke Chare imponiert dere natürlech wider.

„Nobli Visite gha?" fragt der Franz, wo si am Aabe mit Broträschte zu de Chüngle geit. „Stahn i under Kontrolle?" git si ume, spitzer als nötig. „Kei Spur", lachet er guetmüetig, „aber so ne Staatskarosse fallt halt uuf. Weder, we's es Gheimnis isch, will i d Nase zruggha, bevor i eis druf überchume."

„Los, we de Krach wosch, chasch es säge, i bi grad ufgleit. Gheimnis isch es kes, aber i bi gäng no muff. Das isch em Fred sy Pflegvatter gsi, wo sech nach sibe Jahr zum erschte Bsuech bequemt het. Der Herr isch eleini, het niemer meh als mi u d Chind u bruucht e Hushältere. I bi verruckt, i chönnt möögge."

„U du hesch ne gspediert."

„Er söll sy Villa chüechle u der Park derzue u vo den Aktie u de Banknote Flügerli mache u vom Münschterturm abela, es isch mer wurscht."

„Grad so gääi wurd i nid dryschiesse. E Ligeschaft a beschter Lag isch nid z verachte, u Gäld cha men o gäng bruuche."

Leib und Gut! Me tuet nid grad hungerig, aber was me

het, das het me. Im Verbygang e Villa ysacke, werum nid. „Franz, enttüsch mi nid. Freds Läbesversicherig isch uf eme Sperrkonto für d Usbildig vo de Chind, u vo der Ränte chöi mer läbe. Meh bruuchen i nid, u meh wott i nid. Guet Nacht."

Si geit u ghört es underdrückts Pfupfe hinder ihrem Rügge. Er nimmt se nid ärnscht. Dä Tonnerwätter lachet.

*

Vierzäh Tag speter platzt e Bombe. D Sabine nimmt ahnigslos ds Telefon ab. D Sonja isch drann. Ohni zersch z grüesse, lat si los: „Du, i ha der das nume hurti wölle säge, chasch mira itz lache, aber es isch mer glych. I ha gchündet im Büro, nach em Nöijahr züglen i zum Jérome."

„Wär isch der Jérome?"

„He dänk dy Schwigervatter, der Jérome Frick. Los, es isch wahnsinnig schnäll gange, i cha der itz nid alls verzelle. Aber i bi fescht entschlosse."

„Isch dir no z hälfe? Was wosch bi däm?"

„I weis nid, was mit mir los isch, du, i kenne mi nümm. Mi het's gloub verwütscht, ehrlech, du, mitts a Grind, i ha no nie so öppis erläbt. I mues eifach zuen ihm. Er isch eleini u het mi nötig, er isch ganz anders, als du meinsch."

„Söne, itz mues me di bevormunde u ihn o. Dä Maa isch sibezgi, si-bez-gi!"

„Hör uuf, du chasch mer nüt Nöis säge, my Mueter tuet o wi sturm, u är het mer's o wöllen usrede zersch, aber itz isch er froh, dass i chume. Es isch vollständig gstört, hirnverbrönnt, i weis das alls, aber i mues eifach, versteisch, i cha nid anders. U wenn i ufe Schnouz flüge, tant pis, de flügen i halt, vilicht geit alls i d Hose, aber i nime's i Chouf. Gschyder eso, als mer es Läbe lang müesse säge, i heig my einzigi Chance verspilt. Was i bis itz erläbt ha, isch alls es Glööl, kene vo dene Heinis cha em Jérome o nume ds Wasser recke, i säge der, es isch total verruckt.

U itz tschou, du, i bi wahnsinnig dürenand, i mälde mi wider gäll." Ufgleit.

D Sabine steit da wi gchläpft u luegt i Hörer yne. Wi wenn unbedingt no öppis müesst usecho. Es geit es Wyli, bis si ufhänkt. Itz mues si abhocke, si het plötzlech ganz weichi Chnöi. Das isch itz doch ds Verrücktischte, wo si afe ghört het. Dass d Sonja düredrääit, gieng ja no, die isch gäng es sturms Huen gsi, aber dass är uf di Katastrophenidee ystygt, das schlat em Fass der Boden uus. Nid emal wäg em Altersunterschid, das müesst ja nid unbedingt schlächt usecho, aber di Söne passt doch nid derthäre. Gseht dä das nid? Si hätt ne für gschyder aagluegt. Wi seit albe der Fritz? Wi elter, wi Chalb. Si gseht d Sonja diräkt, wi si uf de höchschten Absätz und i den ängschte Jeans dür di gedigeni Villa stäcklet u sech mit Füdelischwänke u Haarhindereschlängge präsentiert. Äh. Ihm wird's gfalle, es schmychlet ihm, er wird wider jung … Aber we de ds erschte Fieber verby isch! Dere chan er itz es aagmässes Läbe biete, potz Tonner wohl. Aber das sy würklech nid ihri Sorge, die zwöi sy erwachse gnue.

Uff! Zletscht mues jedes mit syr eigete Hut i d Gärbi, seit ds Rösi.

*

Der Samichloustag wär überstande.

Färn het d Sabine de Chind als Guetnachtgschichtli d Gschicht vom Nikolaus verzellt, het mit nen e grosse Chlous gmacht und a der Tür ufghänkt, u der Fred isch mit nen i Wald dä Sack ga sueche, wo der Samichlous für se versteckt het. Ihn sälber heig men als chlyn gmacht z förchte mit em Chlous, het der Fred gseit, syni Chind müessi nid Angscht ha vor eme grobe Polderi.

D Sabine het Samichlöisli baschtlet als Tischdekoration und us Züpfeteig e Chlous mit Sack u Ruete bachet, u si hei es Chlouseznacht gfyret. Jedes Chind het es Eseli übercho, wo si ne het glismet gha, es isch e Wonne gsi. Der Florian nimmt sys no gäng mit i ds Bett.

Färn het si richtig Fröid gha u sech möge Müei gä, u hüür het si sech gwünscht, es gäb e Chlapf, un es wär Januar. Aber si het nid chönne tue, wi we nüt wär.

Wär ja o nid i Freds Sinn u Geischt. Si wölli d Chind nid bschysse um Samichlous und Oschterhas, het er einisch gseit, si heigi ds Rächt uf di Chinderwält. Si stogli de no früeh gnue über d Würklechkeit, un er möcht nen e solide Vorrat vo Märli u Tröim mitgä für speter.

Das chan er itz nüm, es hanget a ihre.

Also het si gsunge mit ne u Värsli glehrt, het glymet, gchläbt u güezelet. D Rahel het sowiso nume no eis Thema kennt, im Chindergarte het der Sämeler d Houptrolle gspilt. D Sabine het no dra dänkt gha, Lybuguets zum Znacht yzlade, aber si het's du glych la sy. Als Lückebüesser het si se nid wölle missbruuche.

Si het der Tisch schön zwäggmacht mit Nüssli, Mandarine u Cherzli un e Samichlouspudding ufgstellt. Di Form isch o no vom Fred, er het gäng so originells Züüg gwüsst

179

z ergattere. Nach em Znacht het si d Chind gmacht d Stifel vor d Tür z stelle, vilicht tüei der Chlous de öppis dry. Aber wo si grad mit ne het ufewölle, het's a d Chuchitür polderet, un es isch eine ynecho, es Ungetüm, ire länge, schwarze Chutte mit Kapuze, e wilde, verstrublete Bart im Gsicht, i eir Hand e dicke Stäcke, i der anderen e volle Sack.

D Chind sy dagstande wi aagnaglet u hei d Müüler offe vergässe, u d Sabine het nüt meh verstande. Er heig ghöre säge, es syge da Chind nöi i sys Revier züglet, het dä Koloss aagfange, u itz heig er wölle cho luege, öb's ne da gfall. Er het so ne vätterleche Ton aagschlage, dass der Chlupf sofort verflogen isch. D Rahel het ne gfragt, öb er es Värsli wöll ghöre, u d Buebe sy zuetroulech neecher. Er het sech la Gedicht ufsäge u Liedli singe, u d Sabine het gstudiert, wär das chönnt sy. Weder der Fritz no der Franz, die kennti si, u so gross sy si beidi nid. Dä da isch ja fasch zwe Meter. Zletscht het er ne der Sack gä u gseit, we si em Mueti wetti folge u nid zvil dummi Müschterli aastelle, tät's ne fröie, un er wöll de über ds Jahr cho luege, wi's gange syg. Er het ne d Hand gä, o der Sabine, u het grad zur Tür us wölle, da het der Florian grüeft: „Müesse mer d Stifel scho ynenäh?" Der Chlous isch e Momänt us der Rolle gheit.

„Weli Stifel? Eee, die, aha …", het er gstagglet u der Sabinen e hilflose Blick zuegworfe. Si het ihm chrampfhaft zueblinzlet, der Chopf gschüttlet, verusedütet. Ändtlech isch er gstige. „Eee, also, es isch eso: I mues no wyters, bevor d Chind alli im Bett sy. Nächär will i de no einisch dürecho u luege, öb i no öppis heig für dry." Un er isch abgschobe. Zimli überstürzt, het d Sabine gfunde.

Itz het natürlech niemer meh i ds Bett wölle. Si hei der Sack uspackt u dä Bsuech usgibig verhandlet. O wo si du ändtlech sy underegschloffe, isch das Gschnäder wytergange. Ds letschte, wo d Sabine ghört het, isch vom Florian cho: „Der Samichlous het syni Härdöpfel o vom Franz, das isch e Dryssgersack."

D Sabine findet nid use, wär isch cho chlousne.

Ds Rösi weis vo nüt, d Sibyl u der Fritz tüe uschuldig, u wo si em Franz ufe Chopf zueseit, är heig d Finger drinne, strytet dä alls ab. Wäg em Dryssgersack chehrt's ne fasch vor Lache, aber er seit nume, me müess nid alls wüsse.

Ja, der Samichloustag hätt si einigermasse unbeschadet hinder sech bracht. Wenn's nume mit der Wienacht o so wär. E Wienacht ohni Fred, si darf gar nid dra dänke. Langsam fö sech d Göttilüt aa bemerkbar mache. A der Wienacht es Päckli u süsch nüt, das isch scho nid grad das, wo sech d Sabine under Gotte- u Göttipflichte vorgstellt het. Aber die, wo d Sach uf der Poscht schicke, mit unverbindleche Wort u Grüess, sy re glych no fasch lieber als die, wo meine, si müessi sälber cho. Es isch bi allnen ähnlech: Me hocket verlägen am Tisch, het sech chrampfhaft am Wyglas oder am Gaffeetassli u weis nüt z rede. D Ysicht isch bitter: Es sy ussert der Sonja em Fred syni Lüt. Mit ihre wüsse si nüt aazfa. U si nid mit ihne. Vilicht besseret's de chly, we si sech mit der Sach, mit sym Tod abgfunde hei, aber si gloubt's eigetlech nid.

Vom Jérome Frick chunnt o Poscht. Es dicks, beiges Couvert, der Absänder ufdruckt. Es churzes Briefli drinn mit ere zügigen, exakte Schrift. Er erloub sech, d Sabine u d Chind i ds Wienachtsmärli im Stadttheater yzlade, si söll ihm Bscheid gä, öb si intressiert syg, u wenn's ere würd passe. Fründtlechi Grüess.

Di erschti Reaktion isch: Furt, i Papierchorb dermit. Dä söll mit syr Flammen i ds Theater. Aber nächär het si sech glych nid derfür, nen uf die Art abzsärviere. Si geit mit der Yladig zur Sibyl u treit ere dä Fall vor. Ihre Chnüppel het sech chly glöst, sit si das mit däm Spanier weis. Di Frou het sech vo so ren unerwartete Syte zeigt, dass ere d Sabine ihri Unnahbarkeit, di Reserviertheit nümm ganz abnimmt. Das spilt si, das isch nume d Schale. Inne isch si butterweich.

D Sabine verzellt ere di ganzi Gschicht vo Aafang aa bis zu Fricks Bsuech u däm verfählte Vorschlag, Punkt für Punkt. D Sibyl findet, si sött nid z fasch boghälsele. Es chönnt ihm ja ou ärnscht sy mit dene Fridensglogge, und i däm Fall wär's nid richtig, wenn si ne tät abschüfele. Si heig begryflecherwys e Töibi uf ne, aber si dörf nid nume a sich dänke. D Chind sygi ou no da, un es wär nid dumm, sech so eine warmzbhalte.

„Also, Sibyl, itz chunnsch du mer o no so, du bisch halt glych ou Leib und Gut. Scho der Franz het so gredt. I bi doch ke Erbschlychere!"

„I will dir itz säge, win i das aaluege. Wi du seisch, isch der Fred nid adoptiert gsi vo ne, aber gha hei si ne wi nen eigete.

Wenn alls nach ihrem Chopf gange wär, hätt der Fred dert gerbt. Dass sin ihm e Frou hei wöllen ufzwänge, won ihm nid passt het, das isch dumm u churzsichtig u nid sy Fähler. D Chind sy em Fred syner gsetzlechen Erbe. Rächtlech hei si nüt z guet, aber vom Moralischen uus ghört d Sach ihne. Das isch nid Erbschlycherei, das isch vernünftig dänkt."

Es isch lybuguetisch dänkt, aber d Sabine ma nid diskutiere. Si geit zur Tür.

„Wart no ne Momänt", seit d Sibyl. „I hätt der das scho lang wölle säge, aber nid so rächt gwüsst wie aachehre. Es isch wäge der Wienacht, es isch für üs, wi söll i säge, mit Fröid hei mer eigetlech nie meh derhinder möge. E, es düecht mi chly ne heikli Sach, un es wär mer nid rächt, wenn's tätisch i Aate zie, aber du chasch nei säge, de isch es erlediget.

Mir wärweise jedesmal, öb mer überhoupt e Boum wölle, aber de düecht's is glych, mir chönne nid tue, wi we nüt wär.

Mängisch göh mer z Predig, u choche tuen i ou öppis Rächts, aber mir sy albe froh, wenn alls für isch. Für di isch es hüür sicher ou nid liecht, un es wär vilicht nid ds Dümmschte, we de's anders miechsch, als der gwanet syt. Es tät is fröie, we der überechämtet, i choche gärn u ha sälten e rächti Tischlete. Was meinsch?"

D Sabine überleit. Am liebschte tät si i ds Bett lige u d Dechi über d Ohre zie, aber das geit nid, d Chind täte se tuure. D Rahel isch scho itz ganz us em Hüsli wäg em Chrippespil, wo si üebe im Chindergarte, u wo de ds Mueti u d Buebe u alli zäme müesse cho luege. D Sibyl würd das nid vorschla, wenn's ere nid ärnscht wär.

Mol, das wär e gueti Idee, si syge derby. Aber si möcht o öppis mache, nume so ynehocke wöll si nid.

D Sibyl nickt. „Weisch was, we mer scho öppis eso aateigge, de mache mer's nid halbbatzig. I bi nid grad e Hirsch bim Tischzwägmache, i wär froh, wenn mer das abnuhmsch. Du chasch das besser. Hie isch Gschiir u sy Tischtüecher, nimm, was di gluschtet. Mir ässe i der Stube."

„U der Fritz wett dänk es italiänisches Gchööch."

„Ohni das gieng's allwäg nid, itz hesch ds Pflaschter. Also, isch das abgmacht?"

Abgmacht. D Sabine geit hei u schrybt em Jérome e Charte mit eme dickbuuchige Chlous druffe, rundi Bakke, roti Nase, eine, wo ds Läbe gniesst. Er söll's als Aaspilig uffasse oder söll's la sy, ihre tuet's uf all Fäll wohl. Si danket für d Yladig, si chömi gärn, aber leider ersch im Januar, es syg itz süsch grad vil los. Schöni Feschttag. Fertig.

Drei Tag speter fahrt er vor. Er het e Dame by sech, sehr elegant, sehr gedige. Gekonnt stellt si zersch längi Bei i schöne Stadtstifeli ufe Bode, bevor si usstygt. Der Tailleur isch nid billig, der pfiffig gross Huet erschti Wahl. Das Luxusgschöpf schrytet um ds Outo ume u chunnt uf d Sabine zue. Itz kennt si sen ersch. Also ehrlech, di Söne isch es Chamäleon. Wo isch ds brüelige Make-up? Wo di gälbroti Lockepracht? D Sonja isch fasch nüt gschminkt, d Haar sy churz gschnitte u zimli dunkel, ömel das wo me ma gseh under em Huetrand. Är steit dernäbe u fröit sech a sym Wärk. Anderi hei e Windhund oder e Perserchatz, är haltet sech e Sonja. Nei, das isch itz scho chly bösartig dänkt. Förchtet d Sabinen öppe, der Frick mach ere di einzigi Fründin abspänschtig, isch es das? Nei. Das geit se doch alls überhoupt nüt aa, nid es Brösmeli, d Sonja het ds Rächt uf ihri eigete Dummheite. We's Dummheite sy. Das cha me ja würklech nie wüsse.

Es isch e churze Bsuech. D Sonja bringt ds Päckli für d

184

Rahel, u är wott cho der Termin für dä Theaterbsuech abmache. Guet, änds Januar, we sech d Chind de chly beruehiget heige. Si syge scho ganz sturm vor luter Wienacht. D Rahel bring se total zum Züüg uus mit Värsli, Liedli u Chrippespil.

Nei, der Matthias chöm nid mit, er würd nume den andere d Fröid verderbe mit Zwänge u Raue.

Aastandshalber bietet d Sabinen es Gaffee aa. Es anders Mal gärn, aber der Jérome heig Fründen ygladen zum Znacht, da wöll d Sonja lieber nid e schlächti Falle mache. U itz ihres wohlbekannte Lache, halb Gluggse, halb Jutze. Das isch wider ächt Sonja, so ganz wird er se nie chönnen umforme. Allem aa stört's ne nid emal. Er macht Öigli, wi albe der Moudi, wenn er e Vogel verwütscht het. Fählt nume no, dass er ds Muul schläcket.

*

„Mueti, i sött es blaus Tuech ha für d Maria, d Maria het gäng es blaus Tuech."
„I will luege, öb i öppis finde, wo passt. Wär spilt de d Maria?"
„He i dänk."
„Sövel klar isch das nid. Het de süsch niemer d Maria wölle?"
„Momol, ganz vil, aber die sy itz Ängeli."
Die Einsamkeit des herrschsüchtigen Kindes. So het dä Vortrag gheisse, wo d Sabine eismal am Radio glost het. Mängisch het si der Verdacht, genau so eis heig si.

*

185

D Zuesag wäge der gemeinsame Wienachtsfyr belaschtet d Sabine itz glych echly. D Sibyl het ere gseit, si wölli's so eifach wi müglech mache, es wärd so oder so Wienacht, ou we me nid wi nes sturms Huen i allnen Egge umefurzi. Die cha scho säge, dere geit alls ringer als i ihrem Chinderhushalt. Uf ne spezielli Tischdekoration wott d Sabine verzichte, si macht's mit Servietten u Cherze. Aber si baschtlet glych mit de Chind no e Wulche voll Papierängeli, wo de über em Tisch sölle schwäbe. E Holzdili isch nid nume schön, si isch o gäbig, u paar Rysnegeli löse jedes Problem.

Ds Rösi chunnt dasmal nid, es geit zu de Grosschind ga fyre.

Einisch, wo si alli fridlech am Tisch höckle u Ängle male, seit d Rahel plötzlech: „I ha mer öppis überleit. Du chönntisch doch em Franz sys Mueti sy."

Florian u Matthias lege wi uf Kommando der Farbstift ab u luege d Sabinen erwartigsvoll aa. Di Schese het das mit de Brüetsche besproche, das isch der Gipfel.

„D Sibyl isch em Franz sys Mueti, dä bruucht nid zwöi", probiert d Sabine das Troom abzhoue.

„D Sibyl isch em Franz sy Mueter, Mueti het er kes." Punkt.

„Rahel, wi chunnsch du uf ne settigi Idee?"

„Üs wär es rächt."

Das isch e Haagge! D Sabine verspricht ere sämtlechi Strafe, wo re grad i Sinn chöme, we si numen eis einzigs Wort vo däm zum Franz oder zur Sibyl säg.

„Zum Fritz o nid?"

„Zum Fritz nid, zum Rösi nid, zur Chindergärtnere nid, zu niemerem, verstande!" So ne Strupf als Hürats-

186

vermittlere. D Sabine müesst düre Boden ab, we das uschäm.

*

Hütt isch Chindergartewienacht. Der ganz Lerchehag wanderet em Schuelhuus zue, d Rahel het jedes einzeln bearbeitet.

„Der Fritz het gfragt, öb er der Chüejermutz müess aalege, aber i han ihm gseit, er chönn o i de gwöhnleche Chleider cho."

Er chunnt nid i de gwöhnleche Chleider. Är u der Franz hei dunkelbruuni, halblynigi Mannetrachten anne, mit schneewysse Hemmli u Sametgilet. O d Büüri chunnt i der Tracht. Der Sabinen isch dä Ufwand fasch pynlech, aber d Sibyl seit glychmüetig, me müess de Lüten albeneinisch e Chnoche häregheie, de wüssi si uf was umeräue.

Ds Theater isch nid grad turbulänt. D Schouspiler gseh härzig uus, so verchleidet, aber di meischte wüsse nid vil z säge, stöh desume u lächle fründtlech. Es macht nüt, d Maria redt für alli. Deheim meint d Sibyl, nach eme rächte Theater gäb's meischtens no ne Premierefyr. Si sölli alli no für nes Halbstündli ynecho, si heig Glüewy zwäg. Er syg nid so starch, si heig ne toll gchochet, d Chind dörfi ou e Schluck ha, si schlafi de nume besser.

Es geit lenger als es Halbstündli. D Chind sy ufdrääit u plapperen ohni Punkt u Koma, u d Sabine mues gäng di zwe Mannen aaluege i ihrne schöne Chleider. Vo der Sibyl isch si sech ja a Überraschige gwanet, aber dass sech di zwe eso useputzt hei! Für nes Schueltheäterli.

Es isch e Demonschtration, si merkt das scho. Lueget nume, die ghören itz zu üüs, u wär öppis wott usehöische, söll zu üüs cho.

D Sabine weis nid rächt, öb si sech söll fröien oder nid. Es isch wider so ne Schupf ine Richtig, wo si gar nid sälber het chönne wähle. Si isch zuefällig i das Glöis grate, louft halt wyter u gseht niene en Abzweigig. Oder ächt doch nid zuefällig? Natürlech fröit me sech da, Suppehuen. Dass si gäng so chrampfhaft i jedem Pelz mues nusche, bis si e Luus findet!

*

Di Yladig wird der Sabine gäng wi herter zwider. E Wienacht ohni Fred isch halt nid Wienacht. Si het sys übermüetige Lache gäng no im Ohr, gseht sys verschmitzte Blinzle, sy Verschwörerblick. Si weis ke Maa, wo sech so ohni Wenn und Aber fröit, win är das het chönne. Vilicht luegt er zue vo wyt här und amüsiert sech, wi si umezwaschplet. „O Froueli, machisch der wider Sorge, wo keni sy? Fischisch Haar us der Suppe? Bis doch zfride, dass i alls so guet ygrichtet ha für nech."

U glych isch si du no fasch froh, won es sowyt isch. Wienachtsvorbereitige u Gschänkli mache mit drüne Fägnäschter isch nid nume vergnüeglech. Di Chlyne hei Stärndli uf Tubakpäckli u Härzli uf Zündholzschachteli gchläbt, d Sibyl überchunnt Nescafé mit Abziebildli. Der Florian malet nie meh Chleiderbügle, nie meh, bis er stirbt, das het er unmissverständlech erklärt, won er nach em letschte Strich der Pinsel mit eme schwäre Süüfzger abgleit het. D Rahel het sälber gfuuschtet und unerchannt

188

gheimnisvoll ta. Si het e Zytlang e Riisesach gha i ihrem Zimmer u jedesmal lut göisset, wenn si öpper het ghört gäge d Türe cho. Itz isch alls fixfertig verpackt u zwäg imene Chorb, u d Sabine gseht Chläbstreife, Papier u farbigi Bändeli a allne Wänd obe.

Gägen Aabe ruume si alls zäme, Ängeli, Päckli, Serviette, Dessert, u gö ga tische. „Matti het Ängeli male, Matti tuet Ängeli tlage." D Sibyl isch am Chuchitisch u list d Zytig. Die Seelerue sött me ha! Der Boum isch scho fertig, es isch der schönscht Wienachtsboum, wo d Sabine je gseh het. Chunnt fasch a der Dili aa, isch breit u buschig, es einmaligs Stück.

„Fritz het ne greicht", macht d Sibyl, „er het e ganze Namittag bruucht, bis ihm eine passt het. I ha alls draghänkt, won i gfunde ha, für mi mues e Wienachtsboum farbig u chly kitschig sy. I cha nüt aafa mit dene chränkleche Designertanndli ganz in Lila oder ganz in Pink."

D Chind hocke stumm am Bode u hei z luege. So ungstört het d Sabine no nie e Tisch zwäggmacht.

*

Si hätt nie gwagt z hoffe, dass dä Aabe so unbeschwärt u natürlech ablouft. Kes Ghetz, kes Gstürm, aber alli hei Fröid. D Rahel het d Sach im Griff u spuelet ds ganze Programm ab, wo si mit em Florian büfflet het. Bim Matthias hei ihri Künscht verseit. Er het zwar di Värsli u Liedli luschtig gfunde, aber nüt wölle nachesäge. Mit Ach u Krach het ne d Sabine schliesslech derzuebracht, dass er wenigschtens ds letschte Wort piepset het.

„I bi ne chlyne ..." „... Tumpe"

„Chugelrund u ..." „... dick"

„Itz chumen i cho ..." „... gumpe"

„U wünsche allne ..." „... Glüüück"

D Rahel schiesst der Vogel ab, wo si verkündet, itz chömm no ds Gschänkli für ds Mueti, si heig's ganz eleini glehrt. Si geit a ds Klavier u drückt mit em Zeigfinger „Ihr Kinderlein, kommet", ohni e Fähler, suber im Takt. Si heig ere nume zeigt, uf welem Ton aafa, seit d Sibyl, süsch heig si alls sälber usprobiert. Das Meitli heig en ungloublechi Usduur, wenn es sech öppis i Chopf gsetzt heig. Das isch nüt Nöis für d Sabine, aber dass sech d Rahel nid es einzigs Mal verredt, dass si kes Wort verrate het, das isch scho bemerkenswärt.

„Jä, i cha schwyge", meint d Rahel bedütigsvoll u git der Mueter e bleischwäre Blick.

Für d Manne het d Rahel e blaue un e grüene Äschebächer glättelet, si het äbe grad zwee möge gmache, u d Sibyl überchunnt e grossi Büchse Schwarztee, über und über voll roti Chäferli.

„I ha Himelgüegeli gnoh, wül die Glück bringe. U we's ne de z längwylig wird i der Chuchi, flüge si uuf wi im Liedli u gö i Himel zu mym u zu dym Vati, gäll, Sibyl."

Es isch würklech schön, d Sabine het vergäben Angscht gha. Der Fred isch o derby, er wird nid chrampfhaft verschwige u übergange. Ihm hätt das o gfalle ...

Mit de Gschänk hei si's übertribe, das passt der Sabine nid. D Buebe überchömen e grosse Stall mit allne Schikane, d Rahel es drüstöckigs Bäbihuus.

„Mach nid so ne Pampel", seit d Sibyl. „Das geit de nid gäng eso. Aber hüür hei mer gwüss fasch meh Fröid gha,

di Sachen usezläse u zämezsueche als itz d Chind. I
sälber ha mer zu jeder Wienacht es Bäbihuus gwünscht
u nie eis übercho. Chasch mer sauft gönne, dass i mer dä
Wunsch itz no so ha chönnen erfülle."

D Sabine überchunnt vo de Mannen e grüüslige Ther-
moschrueg. E richtige Landfrouehydrant. „Dass nid all-
pott dervomuesch, we mer chöme cho Gaffee schlüde-
re." D Sibyl het eren e dicke Bildband vo Lanzarote
gchouft. Das Buech geit vo sälber uuf, es steckt es Zede-
li drinn. Bimene schneewysse Hüsli mit grüene Fänsch-
terrähme. Es chläbt i de Felse, isch ganz überwachse vo
Gummiböim u Wienachtsstärne. D Sibyl blinzlet nid
emal, wo d Sabine übereschilet. Si het der Büüri e Tee-
hafe la töpfere. Druffe füert es Meitli e grosse Hund, dä
ziet es Leiterwägeli, i däm sitze zwöi Chind u winke. De
Manne het si dicki Zöttelichappe u Halstüecher glismet.
„Das isch e Wink mit em Holzschlegel, Fränzu", guslet
der Fritz. „Mir sötti dänk üsi Hinderen angähnds lüpfen
und i Wald."

Es wird speter als bim Chrippespil. D Sabine wett nid
mit Krach ufhöre u probiert, d Chind z überzüge, es wär
itz Zyt. Si hangen i de Stüel wi schlampigi Gloggeblüemli,
aber kämpfe um jedi Minute. Ändtlech seit der Franz:
„So, einisch isch alls fertig. Fritz un ig hälfe itz no übere-
ruume, u morn steckt d Sibyl nöji Cherzli ufe Boum, u
mir zündte no einisch aa. Wär das öppis?" Im Handum-
drääje hei si Guet Nacht gseit u mache sech ufe Wäg. Es
isch fasch e Sünd, dass so eine keni Chind wott. Wi dä
vori der Lengi nah am Bode gläge isch u mit de Buebe
buret het … Der Fritz treit der Stall, der Franz ds Bäbi-
huus u d Sabine der Matthias. We si no mögi gwarte, bis

si d Chind undere heig, chönnt me no der nöi Chrueg usprobiere. „Was weis i nöie … " Das isch der Fritz. „I wär bal zytige gnue u nime dänk gschyder es Rüejigs. Schlafet de gsund!" lächlet er und isch dusse. Was söll das heisse? Alte Schlawiner!

Der Franz mues no mit cho adiö säge. U nach paarne Minute isch es müüslistill.

„Wenn itz no nes Gaffee miechsch … es brichtet si ringer." Er luegt zue, wi d Sabinen umewirtschaftet u Gschiir fürenimmt. Er brüetet öppis. Wo si o abhocket, chunnt's langsam: „Nid dass i grad gärn mit der Tür i ds Huus gheie, aber das isch bi dir di letschte vierzäche Tag yche und use vo Mannevolch wi bimene Bejichorb."

Bejichorb! Drei Göttine sy pärsönlech cho, u em Matti sy Gotte het der Maa by sech gha. Darf si vilicht nid Bsuech ha, ohni dass es vom ganze Lerchehag kommentiert wird? Si schwygt.

„Also, es wär de vom Tüüfel, wenn i müesst der Mond aagränne, wül i z lang zaagget ha, und en andere wär ender gsi. Churz u guet, du bisch mer meh weder aaständig, u d Chind chönnt i gwüss nid lieber ha, wenn's myner eigete wäre. Ou süsch schickt si alls so cheibisch guet, es wär myseel nid dernäbe, we mer zgrächtem wurdi zämespanne, mir zwöi."

Si het's gwüsst, si isch ja nid blöd. Si het's erwartet.

U itz weis si nid, was säge. Es schickt si alls vil z guet, das isch es grad. Si chunnt sech scho lang vor wi imene Rohr inne, e sanfte Sog ziet are Tag u Nacht, u we si nid ufpasst, het si wider es Schrittli gmacht. Si cha sech nid richtig wehre, mit ihre wird umgsprunge. Das macht se so misstrouisch. Dass sech alls vo sälber so „cheibisch"

füegt, so nahtlos ufgeit, das gloubt si eifach nid, irgend-
wo versteckt sech e Haagge. Was söll si nume? Si het ke
Üebig im Chörb Usteile, u i öppis ynespringe, wo si gar
nid weis, öb si's wott, das cha si no weniger.

Er wartet. Schliesslech seit si: „I cha halt der Fred nid
vergässe. Grad hütt isch es mer wider …"

„Meinsch, i chönnt? Aber das verlangt ja ou niemer,
weder vo dir no vo mir. Der Fred isch der Fredi gsi, i bi
der Franz. Ihm chasch nüt meh wägnäh, aber mir."

Si probiert's anders: „D Sibyl wär sicher hochbeglückt
über ne Schwigertochter, wo nüt cha u nüt het als drü
Chind."

Er lachet. „Hesch du en Ahnig. Die het di scho monate-
lang im Oug, het allwäg als Erschti gseh, wi guet alls
passt." Monatelang im Oug, u si het gmeint …

„Si isch itz ou di ganz Zyt hinder mer gsi, i söll ändtlech
der Chnopf mache, gäb di en anderen aaglitscht heig. U
wäge disem, si het sicher no nid vergässe, wi si hie als
zwöiezwänzgjährigi Lehrere isch i ds Wasser gschosse
worde. U dass si's mit dir glych miech wi ihri Schwiger-
mueter, das wirsch eren öppe nid zuetroue. My Gross-
mueter isch zimli e Häle gsi, u das isch d Mueter nid."

Das nid o no, das isch fasch zvil! D Sibyl e Lehrere!
Zuefall, usgrächnet! Alls planet, alls ygfädlet, scho lang.
Di Blicke! U si Huen gloubt a Storch u meint, ds Schick-
sal pärsönlech heig Regie gfüert.

Si mues anders derhinder, gang's, wi's wöll. We dä sech
so vo der Mueter lat stüüre …

Er gseht zwar nid uus, wi wenn er sech öppis liess befä-
le, aber glych.

„I wär gloub nid di richtigi Frou für di", fat si nöi aa. „I bi nid so tolerant, dass i näbe mir en anderi möcht verlyde. U mit der Sima chönnt i mi uf ke Fall abfinde."

So, das sitzt. Es geit zimli lang, bis er ds Muul uftuet. Wi dä dryluegt.

„Los, mir sy beidi erwachse. I wott der nid aagä, i heig Tag für Tag wi ne Chloschterbrueder gläbt, schliesslech bin i vierevierzgi u kei hölzigen Esel. Aber übertribe han i's nid u darf zu allem stah, won i gmacht ha. Was hingäge d Sima mit däm z tüe het, das muesch mer erkläre, dä Zämehang isch mer etwütscht. Dernäbe lan i mi nid churz a d Chrüpfe binde, das wott i grad gseit ha, für das bin i z alt."

Itz isch er verschnupft. Sälber tschuld, är het aagfange. Überhoupt schadet das gar nüt, we me Mamis Liebling mal zeigt, dass es o no en anderi Sicht git, nid nume syni.

„I cha scho dütlecher wärde, we de das wosch. Du geisch itz sit Jahre zue re u wirsch chuum wölle behoupte, es syg e näbesächlechi Episode."

Mamis Liebling isch nid knickt, aber gänzlech verblüfft. Er luegt d Sabinen aa, wi wenn si grüeni Hörndli hätt. Langsam, langsam wachst ds Lybuguetgrinse us de Mulegge, breitet sech uus, wird gäng stercher, bis es ne fasch verschrysst.

Nei, si isch nid di Richtigi, itz isch alls klar. E settigi Grundsatzfrag erlediget me nid mit eme Grinse, zwüsche ihne sy Wälte. Si chönnt gränne. Der Franz kämpft um Haltig.

„Was stellsch du dir under dere Sima vor?" fragt er ändtlech u mues ds Pfupfe verchlemme.

„E rassigi Arabere mit guldiger Hut, si cha buuchtanze und isch versiert i verschidene Künscht." D Antwort chunnt wi zumene Rohr uus. So hässig hätt si nid grad müesse, itz meint er de …

Vorlöifig meint er nüt, es verchlepft nen eifach. D Sabine het no nie öpper so gseh lache, er isch völlig usser Rand u Band. Er hout mit de Füüscht ufe Tisch, möögget, brüelet fasch u rühelet, wüscht d Tränen ab.

Was het si gseit, werum tuet dä so blöd?

Er cha nid höre, und ihre wird's gäng unbehaglicher. Si het ds unaagnähme Gfüel, dä Usbruch gang uf ihri Chöschte, aber si het ke Dunscht, wiso.

„Excusez", byschtet er mit Müei, „es isch eifältig, so z tue, du chasch ja nüt derfür. Für mi isch das sälbverständlech gsi, dass du weisch, vo was d Reed isch. Sima heisst Salon International de Machines Agricoles, es isch e Fachmäss." Er chrümmt sech scho wider.

Iiii, wo isch das Museloch, wo si chönnt verschlüüffe? Cha nid der Bode ufga, dass si spurlos chönnt verschwinde? Das isch ja furchtbar, en Alptroum isch das, werum erwachet si nid? Ihre Chopf isch e Tomate, si schämt sech z tod. Un är lachet gäng no wi ne Lööl.

„Sy no meh so Frage vo europäischer Tragwyti z kläre?" fragt er nach langer Zyt. Si schwygt verstockt. Das hätt me re schliesslech chönne säge, de würd si itz nid so dastah.

„Chumm, mach nid so nes Gsicht", seit er ändtlech, „es isch es Missverständnis, da cha niemer nüt derfür. Säg itz lieber, was meinsch. Wosch es wage mit däm Wüeschtling?" Wo si gäng no schwygt, fragt er plötzlech ganz zaghaft: „Oder bi der sövel zwider?"

Was ächt no. Ihres Härzchlopfe by den unmüglechschte Glägeheite, ihri heissen Ohre, wenn er sen unvermuetet aaredt, chöme dänk vo öppis. Am Aafang wär si ja nie uf das cho, aber si weis scho lang, was si a däm Maa hätt. Es geit ere numen alls vil z schnäll.

„Weisch was", seit si entschlosse, „frag mi no einisch i dreine Monet. Wenn es Jahr verby isch."

„Mhm. Warten isch so zimli di einzigi Kunscht, won i cha, i üebe's scho lang. Pünktlech am erschte Mai reichen i der Bscheid. Vilicht stelle der sogar es Maitanndli." Er blinzlet.

„Nimm di zäme", seit si tifig, „i wott nid no ds Dorfgspräch wärde."

„Das bisch scho lang. D Lüt sy nid dumm. Si gseh meischtens ender heiter als die, wo's aageit."

Er lachet u ziet se zue sech. U plötzlech het d Sabinen unheimlech Gluscht, die Sima einisch ga z bsueche.

Christine Kohler bei Zytglogge

Gartetööri offe – Gartetööri zue
Mundarterzählung

Ein Bauernhof im Berner Seeland, den Vater und Mutter zusammen mit den Grosseltern und einem Onkel bewirtschaften, bildet den häuslichen Rahmen, aus dem heraus die vierjährige Judith Schritt für Schritt den Vorstoss in die mit Verboten belegte, aber einer unheimlichen Anziehung gepaarten Erwachsenenwelt vollzieht.

Das mit vollendeter Hingabe kultivierte Säen, Tränken und Wachsensehen der ersten eigenen Sonnenblume, das Mitwirken beim Einbringen der Ernte und das erneute Erwachen der Natur stecken die Fixpunkte im reigenhaften Zeitverlauf. Judiths Wanderung in die Welt hinter dem Gartentor, dem Erwachsenendasein, erfährt dabei eine unersetzbare Stärkung, Aufmunterung, ja Richtungsweisung in der Person des Grossvaters. «Geduld bringt Rose, aber zersch chöme d Chnöpf», steht exemplarisch für uns gleichzeitig über aller Lebensphilosophie und Weisheit, die sich im und aus dem Dialog zwischen Jung und Alt entwickeln.

Eindrücklich gelingt es der Erzählerin, urtypische Kindeshandlungen und -regungen aus der Erinnerung herauszulösen und in packender, vertrauter, weil in lebendiger Berner Mundart verwirklichter Sprache wiederzugeben: Das Staunen und sich Wundern ob Naturvorgängen, die Freude an materiell Unbedeutendem, die unmittelbare Umsetzung von Erlebtem in die Wirklichkeit des Spiels.
Neue Zürcher Nachrichten

Innen lebt der Ahornbaum
Kinderbuch für das Erstlesealter

Simon, genannt Simi, ist ein etwa sechsjähriger Bub, der mit seinen Eltern in das Haus einer alten, herzkranken Tante umziehen muss. Simi ist über diesen Ortswechsel sehr unglücklich; nur Sami, sein Teddybär, bleibt einzig vertrauter Freund und Trost. Da aber gibt es das fröhliche Nachbarmädchen Lena, das Simi ganz selbstverständlich über die erste Scheu hinweghilft. Und langsam kann Simi alle Sorgen, die er vorher nur seinem Teddy anvertraute, entweder mit Lena teilen oder aber dem grossen, schönen Ahornbaum auf der Wiese mitteilen. Dessen Blätter rascheln und wispern, sie erzählen dauernd Geschichten, und der Baum hört ihnen zu, wie auch Lenas und Simis Geheimnissen.

Als der Baum im Herbst seine Blätter abwirft, erschrickt Simi gewaltig. Er glaubt, dass der Baum stirbt. Seine Mutter erklärt ihm zwar die Vorgänge in der Natur, aber ein paar Zweifel bleiben ihm doch. Als Lena mit Simi eines Tages Hexe und Zauberer spielt, beginnt sie eine Mixtur zu mischen, die Kranke heilen und Tote wieder auferwecken soll. Sie bestreichen damit die Rinde des Ahornbaumes. *Basellandschaftliche Zeitung*

Christine Kohler bei Zytglogge

Jedesmal Rose vom Märit
Roman

Lilo hat zuhause die Koffer gepackt und ihrem Mann gesagt, sie ziehe aus. Rolf glaubt ihr bis zuletzt nicht, und als er endlich merkt, dass es ihr ernst ist, kann er sich nicht erklären, warum sie geht. Aber das weiss Lilo selbst nicht so genau. In Südfrankreich, im Ferienhaus eines Bekannten, nistet sie sich ein.

Im Januar ist es mild an der Côte d'Azur, einladend zum Faulenzen. Endlich, nach 22 Ehejahren, erlaubt sie sich, morgens im Bett liegen zu bleiben, nimmt sich Zeit zum Geniessen, für sich selbst. Sie grübelt darüber nach, was mit ihrer Ehe nicht mehr stimmt.

Christine Kohler beschreibt in ihrem Mundartroman in flüssigem, farbigem Berndeutsch wenige Wochen im Leben einer 45jährigen Frau, die versucht, dem Grund ihrer inneren Leere und dem Gefühl, ausgenutzt zu werden, auf die Spur zu kommen. Eigenwillige Nachbarn und ein verwilderter Hund sind lange Zeit die einzigen Lebewesen, mit denen sie Kontakt hat – der Gegensatz zu ihrem bisherigen Leben ist total.

Allmählich wird sie sich bewusst, dass sie versäumt hat, auf ihre Bedürfnisse zu hören, sich selber ernst zu nehmen, und wenn etwas geändert werden soll, dann muss da angesetzt werden – nicht nur mit Rosen vom Saint-Tropez-Märit. *Der Untere Emmentaler*

Christine Kohler bei Zytglogge

Der Himel i der Glungge
Betrachtige

«Der Himel i der Glungge» – dieser Titel charakterisiert trefflich Christine Kohlers Blickwinkel. In der Nähe spiegelt sich ihr die Ferne, im Vertrauten das Fremde. Die «Stübli-Schrybere» des «Kleinen Bunds» entwirft in Betrachtungen, die sie zwischen 1986 und 1991 niedergeschrieben hat, ein Stück Welt; sie sinnt dabei nach über Leben und Sterben, über Jugend und Alter, über Bewährtes und neue Lebensentwürfe. Gerade hat sie sich nach achtundzwanzig Schuljahren aus dem Lehrerinnenberuf zurückgezogen, um «öppis Nöis z probiere» – sie weiss, wovon sie spricht, die Haus- und Bauernfrau in Aefligen. Immer stützt sie sich auf eigene Erfahrungen, gewinnt dadurch in ihren Bemerkungen an selbstverständlicher Authentizität. Man darf dies zweifellos auch von ihrer Sprache sagen, einem natürlich fliessenden Berndeutsch, das den lockeren Erzählton fast immer wahrt und nur selten einem pädagogischen Eifer Raum gönnt.

Einer besonderen Herausforderung aber stellt sich die Autorin, wenn sie sich das Mittelalter, «vo wytem aagluegt», vornimmt. Sie präsentiert dem Leser die Zähringerstädte dies- und jenseits der Schweizer Grenze, mischt ungezwungen historische Reminiszenzen mit persönlichen Beobachtungen, so dass ein lebendiges Panorama entsteht. Nicht nur an dieser Stelle entpuppt sich die weitherzige Offenheit Christine Kohlers.   *NZZ*